「さぁ、今宵も哀れな挑戦者が現れた！」
鋼殻のレギオス
CHROME SHELLED REGIOS
20 デザイア・リポート

「心とはなんでしょう?」
彼女の視線を追って、空を見た。月があった

――ヴァティ・レン
彼女はなにものなのか？

ランティカは最高だぞ
永遠に変わらないぞ
思うままだぞ
バージョンアップするぞ
現実の女なんかに
見向きしてんじゃねぇよ

鋼殻のレギオス20
デザイア・リポート

雨木シュウスケ

ファンタジア文庫

1890

口絵・本文イラスト　深遊

目次

時間 〝レギオス〟をめぐる事象と人物

〝レギオス〟に関わるさまざまな事象を時間軸に沿って図式化。イレギュラーが発生している部分もあるが、大局的な流れを紹介する。

すべての始まりの物語

『鋼殻』よりも遥か昔の時代。人間以上の能力を手に入れた人々（異民）とその関係者たちは、それぞれの望みを果たすため敵対者と戦っていた。その結果として「自律型移動都市」のある世界が生まれ、この時代の戦いの因縁は後世にまで引き継がれることになる。

ミッシングリンクを結ぶ存在

特殊な事情によって生まれた存在「ディクセリオ」が体験する数奇な出来事の記録。時間を越え、さまざまな場所で活躍する彼だからこそ知り得る事実も多いため、前後の物語を参照すると新たな発見があるはずだ。特に最期のシーンは、後世にとって重要な意味を暗示している。

交錯する運命の終着点

汚染物質や汚染獣の脅威と戦いながら必死に生きる人類。だが、その歴史に隠された「世界の真実」を知る者はごく一部だった。人間として当たり前に笑い、泣き、人生を謳歌するはずだった人々の前に過酷な運命が立ちはだかり、そして……。

歴史の流れ

レジェンド・オブ・レギオス

聖戦のレギオス

鋼殻のレギオス

シリーズの関係性

詳細なエピソード
間接的な関連

複数のシリーズで描かれている事件やキーワードをピックアップ。また、それに関係する人物も併記する。

活動し続けるナノセルロイドたち

ソーホ(イグナシス)
レヴァンティン
カリバーン
ドゥリンダナ
ハルペー

当初は人類の守護者だったナノセルロイド。だが、創造主のソーホがイグナシスとなった後は、ハルペー以外は人類の敵となる。

強欲都市ヴェルゼンハイム崩壊

アイレイン、サヤ
ディクセリオ、狼面衆

都市崩壊のその日、何が起きたのか。『レジェンド』ではアイレイン視点、『聖戦』ではディクセリオ視点という異なる切り口で事件が語られる。

「レギオス世界」誕生の経緯

アイレイン
サヤ
エルミ
イグナシス
ディクセリオ

人類をイグナシスから守るため、エルミとサヤは新しい亜空間に「世界」を作った。アイレインはそれを見守り存続させるために月に上る。

白炎都市メルニスクの過去と現在

ディクセリオ
ニルフィリア
リンテンス
ジャーニス
デルボネ
ニーナ

ディクセリオはメルニスク崩壊時に居合わせた人物の1人。この事件で都市は廃墟となり、廃貴族と化した電子精霊は後にニーナと同化することになる。

イグナシスの出現と暗躍、そして……

ソーホ(イグナシス)
ニルフィリア
ディクセリオ

魂だけの存在だったイグナシスは、ソーホの肉体を乗っ取ることで現実世界に降臨。人類の消滅を画策するものの、ゼロ領域に閉じ込められ……!?

過去のツェルニ・第17小隊誕生

ディクセリオ
ニルフィリア
ニーナ
シャンテ
アルシェイラ
リンテンス
レイフォン

ディクセリオは学園都市ツェルニで学生として暮らし、仲間とともに新小隊を設立。幼いニーナたちと遭遇したり、彼と縁の深い人物を幻視するなど、時間を越えた体験を積み重ねていく。

空間

隔てられた2つの世界

〝レギオス〟に関わる物語は、異なる2つの空間を主な舞台としている。今一度その関係を整理し、ストーリーへの理解を深めよう。

レジェンド・オブ・レギオスの世界

滅びかけた地球と隣接する亜空間が舞台

人口増加に伴う諸問題を解決するため、人類は亜空間で生活する道を選んだ。だが、それは絶縁空間と異民化問題を生み、別な意味で存亡の危機を迎える結果に。やがて、イグナシスの計画によって人々の住む亜空間が破壊され、全人類は肉体を失うことになる。

↑ 数ある亜空間のうちの1つ

↓ 人間にとっては不可知の領域

聖戦／鋼殻のレギオスの世界

人類再生のために作られた特別な亜空間

エルミとサヤは、新しい亜空間の中に人類の居住地と肉体を作った。その器に旧人類の魂を入れることで人類再生を図ったのだ。これが「レギオス世界」であり、グレンダン王家など一部の人々はこの事実と血筋を伝え続けることで「やがて来る災厄」に備えている。

ウィズ・インタビュー

人のことばかり言ったり聞いたりしているがお前はどうなんだ？

そんな風に言われたことは一度や二度ではない。

わかってはいるし、なんとなくそういう対象を探してみたりもしているのだが、いまいちピンとくるものがない。

ピンとこないということは良い対象がいないということなのだろうか？　あるいはそもそも実は興味がなかったりするのだろうか？

「むむむ？」

このところ、ミィフィはすこし自分がわからなくなっていた。

そんなときに、なんかすごい噂《うわさ》を耳にした。

「……ので、そこのところを詳《くわ》しく聞きに来ましたー！」

後輩《こうはい》相手でも元気に礼儀《れいぎ》正しく勢いよく。ミィフィは相手が嫌《いや》な顔をしていることなど気にすることなく質問を全力投球で叩《たた》きつけた。

ミィフィにとって後輩ということは、目の前の男子学生は一年生ということだ。入学式を終えてそれほど日にちも過ぎていない。着崩《きくず》れていない制服と着慣れていない顔の男子の様子は初々《ういうい》しい。

そして、そういう人たちがミィフィの周りにはたくさんいる。

そう、ここは校舎の中の一年生たちの教室が並んでいる場所。

ついこの間までミィフィが通っていた区画だ。

新たにその場を占拠《せんきょ》した新入生たちにまだ違和感《いわかん》を覚えながらも、そんなことはおくびにも出さずに取材を続ける。

「えーと、先輩《せんぱい》が言ってるのって彼女のことでしょ？」

「そうそう、彼女のこと」

うさんくさげな、というよりは嫌な話をされたという感じか、それでも後輩男子君はしぶしぶと話してくれた。

彼女というのは新一年生の間で話題になった美人さんのことだ。

名前はヴァティ・レン。

ミィフィの幼なじみであるメイシェンが新しく開いた店で働いていて、美人だというのはわかっていたし変な子だなとは思っていたが、まさかこんな武勇伝を作っているとは思わなかった。

「それで、七人って聞きましたけど本当なんですか？」

「あー、おれもそれぐらいって聞いてますけど、正確に何人かまではしらないっすけど」

「君が直接知ってるのだと？」

「名前を知ってるってぐらいなら三人です」

「君含《ふく》めて？」

「まぁ、そうっす」

後輩男子君の顔が苦笑いに変わった。

ミィフィの取材が不快というわけではないらしい。いや、最初は不快だったのが段々と変わってきたのかもしれない。

おもしろく思うようになってきているということは、失恋《しつれん》の傷が癒《い》えたということなんだろうか？　それとも話題の子だからと最初からおもしろ半分で告白したのか。

まぁそういうことはあるかもしれない。話題の子と誰《だれ》が付き合えるか、そういうのをゲーム感覚でやってしまったのかもしれない。

それが悪いことだとは思わない。

相手の子には迷惑《めいわく》きわまりないとは思うが、その方が賑《にぎ》やかで楽しいし、とミィフィなどは思う。メイシェンやナルキなどはまったく違《ちが》う意見だろうけれど。

だが、見た目が飛び抜《ぬ》けてきれいな女の子が、男子たちに告白攻勢《こうせい》を受けてことごとく薙《な》ぎ払《はら》っていった。それだけでもおもしろいかもしれない。

だけど、それだけではわざわざ取材に来ない。

おもしろいのは、彼女の断り方だ。

「それで、あなたはどういう風に断られたの？」

「あーおれっすか？　おれは……」

少し言いにくそうにして、それから説明を始める。

「いや、なんて言えばいいのかな？　おおざっぱで良いっすか？」

「うん、いいよ」

いままで聞いた男子たちの反応から、この後輩男子君のこの態度も慣れたものだ。ミィフィはさっさと話を進めてもらう。

「すっげぇ質問してきたんですよ。わたしのどこが好きになったのかとか、そういうのをたくさん」

「うんうん」

「最初は、あ、こいつって自意識過剰《じいしきかじょう》なんだ、うぜぇかもとか思ってたんですけど、なんか、だんだんとやっぱ違うかもって思うようになったんすよね」

「どういうこと？」

「質問がずっと続くんですよ。わたしと他《ほか》の女との違いはなんなのかとか、バストで言えば誰々の方がいくら大きいとかウエストなら誰が〜とか、で、自分と誰かを比較《ひかく》するだけでなくて、そのうちおれのことまで言ってくるんっすよ」

あなたのファッション傾向《けいこう》からして、あなたの女性的嗜好《しこう》の範囲《はんい》にわたしは入っていないと思われますが、その上でどうしてわたしを選ばれたのでしょうか？

あなたが教室内の異性クラスメートを見る回数の上位にいるのは○○さんですが、彼女とわたしを比較した場合、類似点は比較的《ひかくてき》少ないと思われますが、この点に関してなにかありますでしょうか？

等々。

うん、うんざりするし怖《こわ》いって思うのはわかる。よくわかる。

「それで、逃《に》げた？」

「逃げますよ。そりゃそうじしょ？　なんで告白した三分後に、おれが教室で誰をよく見てるかまで言い当ててるんすか？　ホラーですよ」

「ふうむ」

まさしくその通りだと思う。

そして、これまで取材をした全《すべ》ての男子が似たようなことを語っていた。

この後輩男子君がこんなにぺらぺらと喋《しゃべ》ったのもわかる。最初はよくも思い出させたなと恨《うら》みがましく思い、そしてどうせ思い出したのなら吐《は》き出して怖さを中和したいと思ったに違いない。

なにしろ、いままでの男子たちがみな、そういう反応だったのだから。

どうしてこんな断り方をしたのだろうか、ミィフィはそこが気になってしまった。男子たちに聞いたところで、その疑問はちっとも解消されないようだ。

「こりゃ、やっぱ本人に聞いてみるしかないかな」

ミィフィはそう思った。

思えば行動が早いのが自分の長所だとミィフィは信じている。

「というわけで取材良いかな?」

場所は、メイシェンの店にある喫茶《きっさ》コーナー。メイシェンに頼《たの》んでバイト中にもかかわらず彼女の時間をもらったのだ。

「お客がいないからいいよ」

立地の関係からここに直接来るお客は少ない。メイシェンの承諾《しょうだく》は簡単に取れた。メイシェンが良いのならとヴァティの承諾もこれまた簡単に取れた。

「というわけで、よろしく！」

「はい、よろしくお願いします」

会ったときから変わることなく淡々《たんたん》とした表情だが、こういうのは念威《ねんい》繰者《そうしゃ》が概《おおむ》ねそうなので慣れたものだ。

気にすることなくずばずばと先に進めていく。

「えっとですねぇ、今日はヴァティさんの武勇伝について色々質問したいなと思ってやってきました」

「武勇伝……とは？」

「ほら、男子学生たちの告白を次から次にばったばったと切り捨てていったっていう……」

「どういうことでしょうか？」

ずばずば進めていく、そのつもりだったけど、いきなり雲行きがあやしくなる。

「え？……告白はされたでしょう？」

「はい、されました」

「その人たちから話を聞いたので、今度はヴァティさんの話も聞きたいなって」

「なるほど、データを収集されているのですね」

「あ、うん、これでも一応、雑誌社の編集者だから」

「なるほど」

「ええと、それで、質問良いかな？」

「はい。できれば後でわたしの質問にも答えていただければ」

「わかったよー」

「それでは、どうぞ」

物静かにテーブルに座るヴァティは、とてもきれいだけれど、後輩男子君が語ったような自意識過剰というような雰囲気《ふんいき》はない。

いや、それはただの勘違《かんちが》いでしかないのだろうけど。

それなら、その後で感じることになる怖さは？

それがこの取材ではっきりするのだろうか？　ミィフィは慎重《しんちょう》に、しかし勢いよく質問を繰《く》り出した。

「たくさんの人に告白されたみたいだけど、気に入った男性はいなかったの？」

「『気に入った』の定義がよくわかりません」

「それは、簡単に言うと付き合いたいと言うことだけど」

「つまり、生殖行為《せいしょくこうい》をするに相応《ふさわ》しい相手ということですか？」

ブホッ！

背後で凄《すさ》まじい音が聞こえた。

振《ふ》り返ればメイシェンがケーキのショーケースの前で咳《せ》き込んでいる。

いや、メイシェンが先にそうなってくれなかったらミィフィがなっていたに違いない。

「……まぁ、超《ちょう》極論したらそうなっちゃうかもしれないけどね、その前に乙女《おとめ》的なトキメキの話をということで」

「『乙女的なトキメキ』というものはどういうものでしょうか？」

「は？」

「いくつか恋愛《れんあい》に関した嗜好書籍《しょせき》を読みましたが、それがうまく理解できません」

「理解できないって……え？」

「あれらの書籍を読んでみると、これは男性にしても同様なのですが、主人公に好意を抱《いだ》いているのは当然として、それ以後の条件が、見目がよく、行動の反応速度や普段《ふだん》の態度に誤差はあるものの献身《けんしん》的で、他の異性には決して靡《なび》かない存在が好ましいということになります」

「う、うん」

「三番目の他の異性に靡かないという項目《こうもく》は、自分の遺伝子の保持を優先してくれるということで理解できるのですが、前者二項目は理解できません。人の外見的な嗜好はその当時の文化に強い影響《えいきょう》を受けていますので一概《いちがい》には語れませんが、現在の嗜好に合わせるというのであれば、手段を問わなければいくらでも再現可能です」

「ま、まぁそうよね」

「ですから、外見の良さというものは実はそれほど価値がないということになります。もちろん、外見の人為《じんい》的変更《へんこう》を良しとしない倫理《りんり》観念が存在する場所もあるでしょうし、相手の好みに合わせて自分の外見を変更できる柔軟《じゅうなん》性や医療《いりょう》技術が必要ともなりますが」

「う、うん、そうだ、ね」

「そして二番目の献身的であるということですが、主人公に対してその人物が、一貫《いっかん》して好意的感情を持ちつつ、その表現方法に矛盾《むじゅん》が存在している場合があるというのがわかりません。具体的にいえば、嫌《きら》っているかのような態度を取りつつ、しかし対象人物が離《はな》れようとすれば引き止めるかのような矛盾的行為などです」

これはまた局地的な部分を選んで来た。

「あ、ああ……それは、なんというか、照れてるんじゃないかな？」

問いかけの視線に、ミィフィは苦しげに答えた。

「照れている？　なるほど……」

しかし意外に、ヴァティはその答えをすなおに受け入れたようだった。

「繁殖《はんしょく》の準備が整いつつある肉体に精神が適応するために発症《はっしょう》している混乱症状ということでしょうか。反抗期《はんこう》と同じく」

「発症って、病気じゃないし、いや、でも、ま、まぁ反抗期と比べるなら、思春期っていうし」

「思春期。そう、これが思春期なんですね。なるほど。反抗期が親からの独立のための精神的準備期間なら、思春期は異性との繁殖行為を行うための精神的準備期間だと、そういうことですね？」

「え、えと……うん、そう、だと、思う、よ？」

負けてる。ミィフィは焦《あせ》った。

完全に勢いに負けている。

変な人のようだとは思っていたしそれなりに心の準備もしてきたつもりだったけどまさかこれほどとは。

メイシェンが適応できているから基本的にいい人だと思って舐《な》めていたかもしれない。舐めていたかもしれないし、なるほど、わかった。

男子たちの気持ちがわかった。

これは、たしかに、怖い。

なんだか、言葉が通じていないような気にさせられる。

人間なのに人間を相手にしていないようなそんな怖さがあるのだ。

だが、ここで怯《ひる》むわけにはいかない。

取材に来たのだ。

ミィフィはジャーナリストなのだ。

「なるほど……」

「あの、それで、さっきの質問……」

「そうですね。気に入った男性はいなかったかという質問でしたね」

「うん、そうそう」

なんとか自分の立ち位置に戻《もど》れた気がして、ミィフィはほっとした。

だが、まだまだ考えが甘かった。

「しかしわたしには気に入るに足る条件というものが見当たりません。それになにより、一つ誤解をなさっているようなのですが」

「え？」

「わたしは一度もあの方たちの告白を断ったことはありません」

「ええ？　あ」

そういえば、と思い出す。ミィフィの取材した男性陣《じん》は皆《みんな》、ヴァティのこの質問責めが嫌《いや》になって逃《に》げだしたと言っていた。

誰《だれ》も、ヴァティから『お断りします』とは言われていない。

もちろん、誰もヴァティからの承諾も受け取っていないはずだが。

「え、だったら、あなたも答えを言っていないのではないのかな？」

「いえ、お受けします、ただ質問が……と全ての方に答えたはずなのですが」

「えええええええええええええ!!」

「そういうわけで、わたしは告白された全ての男性とお付き合いをしているつもりなのですが……」

「いや、誰もそんな風に受け止めてないし」

「そうなのですか？　では誤解を解かなくてはいけませんね」

当たり前にそんなことを言うヴァティにミィフィは混乱した。

え？　どういうこと？　全員と付き合っているっていうこと？

男子たちがどう思っているか知らないが、ヴァティはそう思っている。つまり男子全員と付き合えると思っている？

「男女の交際というものを一度、きちんと体験したいと思っていましたので」

そんなことを言うのだ。

男女の交際をそのまま繁殖行為とか言っちゃうような人が。

「いや、ダメでしょう！」

思わず叫《さけ》んでしまっていた。

それから、取材のために約束した時間は全てヴァティの説得に費《つい》やした。それでも足りないからメイシェンがバイト時間を費やした。

「……では、彼らにはもう付き合う意思はないということですか？」

「そう。きっとそう。そうに違いないから、だから今回は諦《あきら》めてね」

「わかりました」

結果として、彼女に男女交際の機微《きび》とか貞操《ていそう》観念を叩《たた》き込むのはすぐには無理そうなので、男子たちがすでに逃げ出しているということにした。

しかし、これだけではこれから先が心配だ。

心配だが、今日はいろいろ限界だ。ヴァティのバイト時間も、ミィフィとメイシェンの体力も。

「ぐあぁ、まさかあんな子だったとは」

バイトの時間が終わりヴァティは自分の部屋に戻った。シャッターの降りた店内で、ミィフィは疲労《ひろう》の極致《きょくち》でテーブルに突っ伏《つぷ》す。

「さすがに予想を超《こ》えすぎてたわぁ」

「そうだねぇ、びっくり」

メイシェンもため息を零《こぼ》している。

「でも、一つ疑問があるんだけど？」

「ん？　なに？」

顔を上げると、メイシェンは少し不満そうだった。

「わたしにはもっといけいけって言うのに、ヴァティにはダメって言うんだね」

「……七人相手の夜のスポーツ大会に参加させたかった？」

「そ、そういうことじゃなくて！」

一瞬《いっしゅん》で顔を真っ赤にするメイシェンに、ミィフィはなんとなく安堵《あんど》した。

男女交際は色々と奥深い。簡単に突き詰《つ》めようとするとあっというまに生臭《なまぐさ》くなってしまうのだということを、ヴァティによって教えられた気分だった。

だから、顔を真っ赤にするメイシェンに安堵する。恋《こい》に幻想《げんそう》をたっぷりと混ぜ込ませている彼女に安心する。

安心するということは、自分もそれぐらいのものが欲《ほ》しいということだろうか？

「どうかな？　うーん」

しかし、なにはともあれ……

「わたしらはこれぐらいが良いってことだよねぇ」

未《いま》だに顔を真っ赤にしているメイシェンを見て、つくづくそう思うミィフィであった。

もちろん、今日のことは原稿《げんこう》にはできなかった。

編集長に「こんな女がいるか！」と怒《おこ》られたからだった。

モータル・テクニカ

春が近づいてくる。

のんびりとお茶を飲みながら、ハーレイは研究室の窓から外の風景を眺《なが》めていた。

「いい天気だねぇ」

ここ最近、来期入学となる新入生たちが放浪《ほうろう》バスでちらほらとやってくるようになって、なにかと騒《さわ》がしい。

だがそれはあくまでも外来区などの校舎外での話であり、ハーレイの研究室がある錬金《れんきん》科周辺は静かなものだ。

なにより、短かったとはいえ冬期帯の身にしみるような寒さの後にくる春期帯の暖かさは、どこか緊張《きんちょう》を削《そ》ぐ空気を醸《かも》し出している。

閉まりっぱなしだった窓を開けて空気を入れ換《か》えるだけでも、清々《すがすが》しい気持ちになるというものだ。

だが……

「閉めろ、埃《ほこり》が入る」

「うわっ、書類！　書類が飛ぶ！　閉めろよ！」

背後からの声に、ハーレイは顔をしかめ、窓を閉めると振《ふ》り返った。

「えっとね……一応言わせてもらうけど」

そこにいたのは研究室を同じくする二人の仲間、キリクとトーラスだ。三人ともが錬金《ダイ》鋼《ト》を専攻《せんこう》しているということから、共同研究をすることもあるが、別にチームを組んでいるわけでもない。錬金科の授業での発表や提出するものは別々にしたりもしている。

常に陰気《いんき》で不機嫌《ふきげん》そうな顔をしたキリクと、外見だけは常に陽気なトーラス。そしてハーレイ。

「この部屋は外よりもだんぜん埃まみれだし、書類はちゃんと風に飛ばないようにしておこうよ」

「うるせぇ、お前に言われたくねぇ」

トーラスが怒鳴《どな》り、キリクが不満げに半眼になる。

だが、事実、この部屋は汚《きたな》い。

三人それぞれに様々な作業をするためのテーブルがあるのだが、その周囲には研究書や雑誌やメモなどの紙類が山積みになり、その隙間《すきま》を埋《う》めるように工具やなにかのパーツ、ケーブル類があったりもする。集中しているときは作業をしながら食事をすることも珍《めず》らしくない。ゆえに零《こぼ》れたソースなどが床《ゆか》に落ちてそのままということもある。

ちょうど、ハーレイの目にはサンドイッチからだろう零れた野菜の欠片《かけら》が、三人の足や車輪に何度も踏《ふ》まれて無残な姿になっているのが見えた。

……そこはかとなく切なくなるのはどうしてだろう？

「僕はちゃんと風に飛ばされないようにしてるし、どこになにがあるかちゃんとわかってるよ」

「うるせぇ！　そんなのおれだって一緒《いっしょ》だ！」

どうやらトーラスは苛立《いらだ》っているようだ。しかし、彼が苛立っているのはいつものことなので気にしない。外見の陽気さに反して彼はいつもこんな調子だ。キリクがいつも不機嫌なのと一緒だ。つまりはそれが彼らの正しい精神状態だということであり、そんな中で平穏《へいおん》に暮らしていける自分というのははたしてどうなのだろうという現状への疑問を抱《いだ》いたりもする。

錬金科は変人しかいないと言われているのはこういうところが関係しているのだろう。

ハーレイはお茶の残りを飲み干し、風に飛ばされないように工具で重しをしていた書類を一枚、抜《ぬ》き取る。

「でも、予算が増額されて良かったね」

今日、この研究室には朗報が舞《ま》い込んでいる。武芸科を除いた下級生たちは三年生まで一般《いっぱん》教養科に所属し、四年生から専門課程へとそれぞれ分かれていくのだが、錬金科生徒は特別に、二年への昇級時《しょうきゅうじ》に行われる特別試験を突破《とっぱ》すれば、錬金科への早期編入が可能となる。総合技術として様々な分野で必要とされる錬金科の才能を持つ者を早い段階で発《はっ》掘《くつ》、育成することが目的だということだが、一般的には『変人はさっさと変人窟《くつ》へ行け』ということだろうと思われている。

それを否定できないのが、錬金科の悲しいところなのだが。

とにかく、この研究室にいる三人は現在三年生であり、ともに特別試験を突破した天才や秀才《しゅうさい》であるということだ。

そして今日、錬金科委員会での予算会議の結果が届き、ハーレイたち三人の研究室は予算の増額が決定されたのだ。

「ふん。研究結果云々《うんぬん》というより、生徒会の要請《ようせい》に従って作ったあれのおかげだろう」

キリクが鼻を鳴らす。その言葉はとても不満そうだ。

「複合錬金鋼《アダマンダイト》な」

トーラスも不満そうだ。

「せっかく作った多段変形機能。ぜんぜん使われてないじゃねぇか」

複合錬金鋼《アダマンダイト》という、錬金鋼《ダイト》の混合比を戦闘中《せんとう》に変換《へんかん》させるアイディアはキリクのものだが、それを実現可能レベルにまで技術的に落とし込んだのはトーラスだ。だからトーラスとしてはレイフォンが複合錬金鋼《アダマンダイト》の最大の売りである多段変形機能を実戦でほとんど使用していないことに不満を感じている。

キリクもまた、彼が刀を使うようになったことは良しとしているが、しかし彼自身の持つ刀のイメージからは少しずれていることがやはり不満なのだろう。

しかし、ハーレイは違う。

「そう？　僕はまぁ、こんなものかなって思うけど」

レイフォンが一番に求めているのは、実は武器としての形状や性能としてのあれこれではなく、持てあまし気味の剄《けい》を少しでも扱《あつか》えるようになる錬金鋼《ダイト》だと思っている。だから複合錬金鋼《アダマンダイト》だけでなく、その他の物に関しても少しでも剄の許容量が増えるように工夫してきた。

しかしいまのところ、複合錬金鋼《アダマンダイト》に勝《まさ》るものは作れていないわけだが。

それはそれで不満ではあるが、まだまだ到達点《とうたつ》が先にあるという感覚は嫌《きら》いではない。

なにしろ錬金鋼《ダイト》技師を目指してツェルニにやってきてようやく四年目の春を迎《むか》えようという時期だ。卒業するにもまだ二年必要だし、卒業した後も錬金鋼《ダイト》技師として経験者である父たちから学ぶこともたくさんあるはずで、そんな簡単に目標に到達できても今後の人生が面白《おもしろ》くない。

人生にやりがいがあるのはいいことだと、ハーレイは思っている。

そういう意味で、常に不機嫌だったり苛立っていたりするこの二人も、自分たちが設定した目標に届かないことでそうなっているのかもしれないし、それが彼らなりのテンションの維持《いじ》に関《かか》わっているのだろう。いまのところ、不機嫌や苛立ちが原因で悪い結果が出たということがない以上、そういうことのはずだ。

「まぁいい！　とりあえず、次になに作るか決めようぜ！」

気分を変えるように、トーラスが大声を上げる。

「なんだ？　また共同で作る気か？」

キリクが嫌《いや》そうに顔をしかめた。

「おれとしては切断力と耐久力《たいきゅう》の黄金比や、それを実現させる新素材の研究がしたいが」

「そんなことより多段変形だ！　今度こそ実用的な奴《やつ》！　あれ、こないだ試作した化錬剄《かれんけい》用の奴を完成させようぜ！」

「化錬剄《かれんけい》にこそ多段変形は必要ないという結論になったのではなかったか？」

「そんな通り一遍《いっぺん》の結論でおれの情熱は消えないぜ」

「使用者のことを考えない研究者の情熱ほど、迷惑《めいわく》なものはないな」

「お前にだけは言われたくねぇ！」

そんな二人のやり取りはいつものことで、ハーレイはすぐに聞くのを止《や》めて窓に目を向けた。

この一年、色々あった。

ニーナの第十七小隊立ち上げを含《ふく》めれば一年以上経《た》っているのだが、切りの良い入学式辺りからで考えればもうすぐ一年だ。ちらほらと見るようになった来年度新入生の姿を見ると特にそう思う。

彼、レイフォン・アルセイフがやって来てから、もう一年が経とうとしているのだ。人生という物差しで考えれば一年なんてそれほど長い時間ではないのだが、それにしてもこの一年は濃密《のうみつ》だったと言っても過言ではない。

試合ができるのかどうかすら怪《あや》しかった第十七小隊が小隊対抗《たいこう》戦に出場し、そして異例の快進撃《かいしんげき》。さらには汚染獣《おせんじゅう》の襲撃《しゅうげき》から判明した彼の実力。その彼の実力があったからこそ、企画倒《きかくだお》れと思っていた複合錬金鋼《アダマンダイト》は完成した。そして彼がいたからこそ、彼の戦い方に特化した簡易型複合錬金鋼《シム・アダマンダイト》も生まれた。

そして自分自身が関与《かんよ》したわけではないが、新型の対汚染遮断《おせんしゃだん》スーツや剄羅砲《けいらほう》の発展も見ることができた。

考え方そのものはあまり肯定《こうてい》したくはないが、生存本能にも関係する戦いの中でこそ、技術はめざましく発展する。武芸者の要求に応《こた》える形で錬金学者たちが新しいものを作り上げるのはごく自然な形だとは思う。

レイフォンがいたからこそ、充実《じゅうじつ》した一年が過ごせたのだ。

レイフォンがいた……から…………

「…………」

一年を振り返っていて、ふとある光景が連続して脳裏《のうり》を過《よぎ》っていった。

普段《ふだん》は気にしない。特に研究に集中しているときなどはまったくといっていいほど考えない。

しかしハーレイ・サットンとて人間、動物であり男性である。本能の希求する欲というものがある。睡眠《すいみん》や食欲にしてもそうだ。研究に集中しているとわりと無視できるのだが、やはり限界は存在するし、これに対してもやはりそういうものが適用されるのだろう。

健全な男の子であれば、それは当然のことだ。

「ああ……」

だから、思わずこんなことを呟《つぶや》いたとしても、それはしかたのないことなのだ。

「彼女、欲《ほ》しいなぁ」

頭に浮《う》かんだのはレイフォン周辺のことだ。彼はお弁当をもらったり、合宿に料理を作りに来てくれたりなど……それだけではなくて、あの嫌そうに小隊に入っていたフェリにしても彼が入ってから前向きになっているようだし、それだけでなく幼なじみが故郷からやってきたり、彼を慕《した》って女の子が学園都市にやってきたり等々……彼の周辺に女性の影《かげ》がなかったことがはたしてあっただろうかと首を傾《かし》げたくなる。

レイフォン自身はどの女性とも正式な恋人《こいびと》関係ではないようだが、それもはたして今後はどうなるかわからない。特にこの間のグレンダンの一件で幼なじみとの間になにかあったようだし、少しは自分の気持ちをちゃんと見つめるようになるかもしれないではないか。シャーニッドに先天性鈍感《どんかん》病などと揶揄《やゆ》されていたのを返上することになるかもしれない。

そのこと自体はレイフォンにとって良い変化になるだろうと思っている。

決して悔《くや》しいとかは思って…………………………ない。

なにより学園都市ツェルニにおいて小隊員というのはいわば花形の存在だ。各小隊には規模の大小はあれファンクラブが存在するし、練習のときに差し入れが届けられたりすることはそれほど珍しい出来事ではない。シャーニッドやフェリ、元第十小隊だったダルシェナは当然としても、新米小隊員であるナルキがプレゼントをもらっている場面だって見たことがある。

　レイフォンだけが特別そういうことが多いわけではない。先ほど挙げた女性だけではなくてファンからの贈《おく》り物をもらう場面だって見たことがある。

だけど、なんというか、きっとこれは距離《きょり》の問題なのだ。シャーニッドはあれで、ファンの女性とはきっちり距離を置いて付き合っている。レイフォンも軽々しくファンの誘《さそ》いに乗ったりはしないのだが、他方で距離の近い女性が多くもある。きっとそれが気になる原因に違《ちが》いない。

　ふと、視線を感じて我に返る。

「…………なに？」

　キリクとトーラスがいつのまにか議論を止めて無言でハーレイを見ていた。

「ハーレイ……」

「おまえ……」

「な、なに……？」

「…………」

「…………」

「や、やめてよ、そんな目で見るの」

二人から注がれる哀《あわ》れみの視線にハーレイはたじろいだ。

「やめろよな、虚《むな》しくなるから」

「なんだ？　そこまで追いつめられているのか？　切ない奴だな」

「うるさいな！　いいじゃないか思うぐらい！」

思いはしたが、まさか口にしてるとは思ってなかっただけに、ハーレイは顔の温度が一気に上昇《じょうしょう》したのを自覚した。

「現実の女なんかに見向きしてんじゃねぇよ。おれたちには研究があるじゃないか！　ていうかよ、そういうのならこれ作らね？　これ」

トーラスに肩《かた》をがっしり組まれたかと思うと、彼は手にした雑誌をハーレイに見せる。

そこには二次元の女性がいた。

小柄《こがら》で、華奢《きやしゃ》で、可愛《かわい》らしい。ここがこうであれば可愛いだろうという部分をある程度極端《きょくたん》に表現しているので、それが三次元に浮上《ふじょう》してきたときには違和感《いわかん》がありまくるかもしれないが、しかし誌面上で表現されたそれは、確かに可愛い。

「超絶小娘《ちょうぜつこむすめ》ランティカちゃんだ」

なぜかトーラスは誇《ほこ》らしげに二次元少女の名を教えてくれた。

「手作りなら、きっと量産型にはない愛着も湧《わ》くだろうし、独占欲《どくせんよく》が満たされてすげぇこ

とになると思うんだけどよ。あ、基本素材だけは共同だけど、あと骨格とかの造形はもちろん別々な。同じの作っても意味ないし」

「嫌だよ。現実がいいよ！」

「馬鹿野郎《ばかやろう》！　これだって現実だ！」

「こういうのは現実を見た上で楽しもうよ！」

「現実だけが楽しいと思うなよ！」

もうなにがなんだかわからない。トーラスからはいまの自分が踏《ふ》み越《こ》えてはならない領域に勧誘《かんゆう》され、キリクからは軽侮《けいぶ》の視線をこれ以上ないほどに浴びて、結局、今日はなに一つとしてなにかが進むことはなく、研究室を出ることになった。

†

ため息ぐらいいいじゃないか。

誰《だれ》になにかを言われたわけではないが、一人帰路につくハーレイはため息を吐《つ》いてそんなことを思った。

独り者なら誰にだって……そう、こんな風に突然《とつぜん》自分の身の回りの寂《さび》しさが辛《つら》くなったりすることはあるはずだ。

無論、我知らずとはいえ口にしてしまうのは虚しい行為《こうい》だということはわかっている。聞かされたキリクやトーラスの身になって考えてみればたまったものではないだろう。なにしろ二人とも、ハーレイ以上に人付き合いが上手《うま》くはない人種だし、恋人がいないことは知っている。

自分だって普段なら思わない。だけどこう、都市の足音がそのまま春の空気を運んでくるいまの状況《じょうきょう》に身を浸《ひた》していると、急に、切実に、そう思ってしまったのだ。

春の匂《にお》いが新しい出会いを予感させているのかもしれない。

往々にしてそういう予感はただの錯覚《さっかく》でしかないし、そういうことはもうわかっているのだが、しかし予感だけは止めようがない。いくら実証不可能なただの気分でしかないとしても、いきなり降って湧いてきた寂しさや予感はどうしようもないのだ。

「はぁ」

ため息が止まらない。

学校から出ればただ部屋に帰るしかないこの身の寂しさが、いまはとても辛い。きっかけがあればこんな気分は簡単に吹《ふ》き払《はら》われてしまうものなのだけれど、しかし自分で制御《せいぎょ》できないからこそきっかけというものは厄介《やっかい》だ。だからいまは止まらないため息の数を数えるぐらいしかできることがない。

しかし同じように、きっかけや出会い、その他自分には制御不可能なものとは、制御不可能であるがゆえにいつ現われるかを当人が知ることはない。

だから、彼の進路にまるで影のように立ちふさがった存在もまた、ハーレイの知るところではないし、それが女性であることや、そしてその女性が彼に声をかけること、さらにその内容もまた、ハーレイの知るところではなかった。

つまりは全《すべ》て、突然の出来事だったのである。

†

このところハーレイに会う機会がない。学校ではそもそも授業が重ならなければ会わないし、練武館の修繕《しゅうぜん》にともなって小隊の訓練もない。故郷が同じで幼なじみという親しい間柄《あいだがら》でも機会が失われれば会うこともない。

しかし小隊の練習がないからといって個人の練習を怠《おこた》るような性格ではないのがニーナのニーナたるゆえんだ。

しかたないので、ニーナは練習用の錬金鋼《ダイト》を修理してもらうため、彼の研究室に向かっていた。

しかし研究室にハーレイはいなかった。

「最近、来てないな」

いつも通りに不機嫌《ふきげん》顔のキリクが代わりに修理をしてくれることになり、錬金鋼《ダイト》はいま、彼の端末《たんまつ》に専用機器を通して繋《つな》げられている。

「病気か？」

ハーレイが研究室に顔を出さないなんておかしい。それはニーナが練習を意味もなく休むのと同じくらいにおかしな出来事だ。

「いや……」

彼は不機嫌顔にいくつかの奇妙《きみょう》な皺《しわ》を追加させて短く呟く。その間も端末を操作する手は止まらない。

「いや……ある意味、病気か？」

「ん？　どういうことだ？」

キリクの言っていることがわからず、ニーナは首を傾げる。

「いや……」

どうも、キリクの返答は煮《に》え切らない。しかし頭と手先は別のものとして機能しているのか。修理は次の段階に進んでいる。

「素材の劣化《れっか》だ。最近、交換《こうかん》の間隔《かんかく》が早くなっているな」

言いながら、作業台の隣《となり》にある箱……ニーナの目から見たらさらにその隣にあるゴミ箱と中身の違いがよくわからないのだが、そこから新しい錬金鋼《ダイト》素材を取り出すと交換作業に入る。

「ああ……それは……」

言おうとして、ニーナは口を止めた。

この間まであったツェルニを危機に追いやっていた一件で、ニーナの剄《けい》能力は一気に高まった。それは通常の錬金鋼《ダイト》では自分の実力を出し切れないという、レイフォンと同じ状態にまでなってしまった。

そのために窮地《きゅうち》にも立たされたのだが、電子精霊《せいれい》の助力を得て問題は解決した。

しかし、普段《ふだん》の練習でまでそんな状態でやるわけにもいかない。だから普通の練習用を使っているのだが、まだレイフォンのような制御能力を得られていないためか、すぐにだめになってしまう。

「どうかしたか？」

「いや……わたしも、成長したということか？」

「それはどうかな」

冗談《じょうだん》でごまかしたつもりなのだがキリクの返答は辛かった。

「どちらかといえば新しいおもちゃに踊《おど》らされているという方が正しいだろう」

彼は錬金鋼《ダイト》の使用状態で、その持ち主である武芸者のことがほとんどわかってしまうという。

その彼の言葉だ。胸に突《つ》き刺《さ》さる。

「あいつならば、錬金鋼《ダイト》の限界どころをわかって使えるからな」

あいつとは、もちろんレイフォンのことだ。いまも作業台には復元状態となった錬金鋼《ダイト》がいくつか並んでいる。その形は全て刀であり、おそらくはレイフォンが使うことを想定して作られたものに違いない。彼には彼で抱《かか》えているものがあり、それをぶつける先としてレイフォンはとてもいい具合に嵌《はま》るパーツなのだろう。

そんなことを考えている間に、錬金鋼《ダイト》の修理は終わってしまった。

「不満な点があればあいつに言え」

「助かった」

錬金鋼《ダイト》を受け取ると、すでに彼の興味は別のものに移っている様子で、端末の画面に映し出されたデータを眺《なが》めている。ニーナはもう一度礼を言うと、研究室を出る。

ちょうどそのとき、この研究室のもう一人の住人がやってきたのだが、彼はなにやら腹を立てている様子でニーナの存在に気付かないまま通り過ぎてしまった。

ドアの閉まる腹立たしげな音に、しかしニーナには首を傾《かし》げるぐらいしかできることはなかった。

「くっそあの野郎《やろう》！」

研究室に入って来るなり怒鳴《どな》り散らすトーラスに、キリクは眉《まゆ》をひそめただけで端末の画面からは目を離《はな》さなかった。

「くそがへらへらしやがって！」

なにやら罵倒《ばとう》しながら乱雑に転がった床《ゆか》のものを蹴散《けち》らし、大物に脛《すね》をぶつけて悶絶《もんぜつ》し、それにも腹を立てながら自分の作業台前のイスに座る。

「…………」

「おい、気にならねぇのか？」

無視を通すキリクに、トーラスの苛立《いらだ》たしげな声が向けられた。彼は額の皺で不快を表現し、顎《あご》に当てていた手を車椅子《くるまいす》の車輪にかける。しかしトーラスの方を見ることはなかった。

「あれも一匹《いっぴき》の男だったということだろう」

「それで済ますのかよ」

「それ以外にどう済ます？　目を覚ませとでも説得するのか？」

「ああ、説得するさ。目を覚ませってな。三次元の女なんか気持ち悪ぃだけじゃねぇか」

ついこの間、二次元少女の立体化を持ちかけた男の言葉とは思えない。

いや、二次元からの三次元化と元から三次元の存在では違《ちが》うのかもしれない。しかしその違いにキリクはなんの興味もない。

「お前の方を説得するべきだろうな」

「なんだとう！」

「どうでもいいわけではないが、こんなものは熱が冷めるまで待つべきだろう。いまはなにを言っても逆効果だ」

二次元と三次元の話題を打ち切るべく、キリクはすばやく言葉を滑《すべ》り込ませる。

「ちっ……」

トーラスが舌打ちして黙《だま》り込み、キリクは端末画面に集中した。

「…………もしかして、羨《うらや》ましいのか？」

「うるせぇよ！」

キリクの素朴《そぼく》な疑問にトーラスは顔を真っ赤にした。

彼女の名前はネネ・ミーア・モンスフという。

「ネネでもミーアでもいいわ。でも両方を同時に呼ぶのは止《や》めてね。それは故郷の流儀《りゅうぎ》ではないから」

†

初めて彼女と知り合ったのは錬金《れんきん》科に入ってすぐのことだ。

一年上の先輩《せんぱい》で、入ったばかりのハーレイに色々とよくしてくれた。背が高く、銀の髪《かみ》は短く、小さなめがねを鼻先にのせるようにしている。別に目が悪いわけではなく、自作の測定器なのだそうだ。

錬金科での彼女の研究は自律型の機械。それは都市生活を送る者であれば部屋や建物を勝手に動き回る自動掃除機《そうじき》や、街中を時折うろつくゴミ拾い機から、図書館内にある紙類書籍《しょせき》の整理機、街のあちこちにある案内用人工知能等で見ることができる。

武芸者であれば訓練用の戦闘《せんとう》機械もそうだ。

彼女は特に訓練用の戦闘機械を専門に開発している。

遠くから見ると少し神経質そうな雰囲気《ふんいき》があるのだが、近くにいると柔和《にゅうわ》さを感じるのは武芸者のような姿勢の良さと、瞳《ひとみ》にある愛嬌《あいきょう》のせいだろうとハーレイは思う。

「ね、いきなり迷惑《めいわく》だった？」

「いや、そんなことは、ないです」

ハーレイにはない埋知的な雰囲気、そこからほんのわずかに零《こぼ》れ出る親愛の雰囲気に顔が熱くなる。

いま、ハーレイは彼女の研究室にいる。ハーレイのように三人共同で使用しているものではなく、個人の研究室だ。

シーツがかけられているからなにかわからないが、なにか大きなものがある以外は驚《おどろ》くほど整頓《せいとん》されている。専用のティーセットまで置かれている。ハーレイたちの研究室とはあまりにもかけ離れたきれいさに「ここは研究室ではないのでは？」とさえ思ってしまう。

しかし、消しきれない機械油の臭《にお》いが、ここがハーレイの使っている空間と同じ用途《ようと》で存在しているのだと教えてもいる。

鼻先をくすぐるお茶の匂《にお》いに酔《よ》うような気分になりながら、ハーレイは緊張《きんちょう》して座っている。

先日の夜。虚《むな》しく帰路についていたハーレイの前に現われたのはネネだった。

彼女は驚くことに、ハーレイに愛の告白をしたのだ。

仰天《ぎょうてん》の出来事にハーレイは言葉を失い、現実を疑い、踊らされるハーレイを見て笑う者が隠《かく》れているのではないかと見回したりもした。

だけど、そんなものは一つもない。

「ねぇ、だめかな？」

「ぜ、ぜんぜん！　そんなこと！　ないです！」

彼女のその言葉でハーレイはあっさりと陥落《かんらく》した。


いまでも多少の疑いの気持ちは残っている。

なにしろ彼女は美人だし、個人の研究室を持つことを許されるほどに優秀《ゆうしゅう》だ。今年はハーレイたちも複合錬金鋼《アダマンダイト》の開発を含《ふく》め、第十七小隊やレイフォンのサポート、それ以外でも他《ほか》の小隊からの注文に応《こた》えてみたりと色々と活躍《かつやく》したし、その結果、予算の増額が認められたのだが、それでも来年度に個人の研究室を持つことは許されなかった。

複合錬金鋼《アダマンダイト》が、現状ではレイフォンぐらいにしか扱《あつか》えないというのは汎用性《はんようせい》に乏《とぼ》しいということであり、そういう意味では画期的な開発とはとても言えない。簡易型複合錬金鋼《シム・アダマンダイト》の方は高評価を得たが、しかし多量の錬金鋼《ダイト》素材を使うというコストパフォーマンスの問題から実戦用として正式な認可が下りることもなく、生徒会からの補助がきかない、武芸者個人の武器への追求に対する一つの選択肢《せんたくし》となったのみだ。その点で妥当《だとう》な結論とも思える。

一方、ネネは武芸者用の訓練機械の開発だけでなく、そこから生まれた技術を他の分野にも応用させてみたりと活躍の幅《はば》が広く、そしてきっちりとした成果を出していると聞いている。個人の研究室を持つのは当然だとも言える。

そう、優秀なのだ。

そんな彼女が、どうして自分なんかに？

やはり、そう思ってしまう。

「君が可愛《かわい》いから」

「え？」

「疑ってそうな目をしてたから理由を言ったの。それだけじゃだめかな？」

「そ、そんなことないです」

見透《みす》かされた恥《は》ずかしさでハーレイは俯《うつむ》く。

「もちろん、君が錬金科生徒としてだめだめだったらさすがに可愛いからって好きになったりしなかったと思うけど」

「う……」

『好き』という単語でさらに顔が熱くなる。

し、刺激《しげき》が強すぎるよ。

恋愛《れんあい》初心者のハーレイはその言葉だけで身動きが取れなくなってしまった。

ああ、でも、なにか会話しなきゃ……

彼女に告白されたのはもう三日も前だ。それからこうして授業の時間以外では会うようにしているのだが、いつもこんな風になってしまって会話にならない。

ああ、でも会話会話……なにを話せばいいんだろう？

会話のもとになるものがハーレイにはなにもない。錬金鋼《ダイト》の研究一筋でこれまでやってきて、いままで他のもの、たとえば服や流行の歌や映画などにはほとんど興味を示さなかった。一方でネネは錬金科の白衣の下にはハーレイから見てもおしゃれとわかるような服を着ていて、そっちの方面でも如才《じょさい》がない。

うう……ない。もう、しかたがない。

「せ、先輩はいま、どんな研究をしてるんですか？」

彼女だって錬金科だ。こういう会話が嫌《いや》なわけがない。ハーレイは開き直って尋《たず》ねてみた。

「いま？　もちろん、新しい訓練用の戦闘機械を作ってるわよ。見る？」

「あ、はい」

ネネが不機嫌《ふきげん》にならなかったのにほっとしながらも、彼女がシーツに覆《おお》われたそれに向かうのに興味津々《きょうみしんしん》で付いていった。この部屋に入ったときから、あのシーツの中身が気になっていたのだ。

ネネの手がシーツを力強く握《にぎ》りしめ、一気に覆いを取る。

「うわっ……」

そこにあったのは、ハーレイの胸ほどの高さがある立体造形だった。もちろん、それがただの立体造形であるはずはない。

試作品だからだろう、外殻《がいかく》はおおざっぱに作られている。伸縮《しんしゅく》して移動するためか、それに対応していくつものパーツに分かれている。カバーもなく剝《む》き出しになったセンサーは導線に吊《つ》られてだらりと垂れ下がっている。

この形には見覚えがあった。

「幼生体？」

「そう。実戦訓練用のね。さすがに成体は大物だし、空も飛んだりするからシミュレーターでやった方が良いとは思うけど、でもそれだと大規模集団戦になっちゃうから設備投資の面で色々問題も起きて、武芸科全体の練習には採用できない。でも、幼生体ならある程度の数を作って野戦グラウンドで行えば、二、三小隊ぐらいなら合同で連携《れんけい》訓練もできるでしょ？　それにシミュレーターよりも実際に『痛い』訓練の方が早く身につくというのは、武芸科からの報告で上がってるし」

「なるほど……」

ニーナが聞けば狂喜《きょうき》しそうだなとハーレイは思った。

「完成品はもっと実物に近づけて大きくするつもり。でもそうなると資材の方がね。外殻は洗浄砂《せんじょうさ》の圧縮合成板でどうにかするけど、駆動《くどう》部分はさすがに柔軟《じゅうなん》なものを選ばないと。数を揃《そろ》えることを考えたらコストをどれだけ削《けず》れるかも問題」

すらすらと出てくる言葉に、ハーレイは新鮮《しんせん》さを感じた。なにを足してなにを削るか、それは一つの物を作ろうとすれば必ずついて回る問題だ。だがハーレイはコストパフォーマンスについてはあまり考えたことがなかった。考えてもせいぜい、委員会から支払《しはら》われる研究費ぐらいだ。

錬金鋼《ダイト》の研究にしてもハーレイは個人用の調整を行うのが好きだ。だからコストパフォーマンスについてあえて考える必要はないとも言える。だから複合錬金鋼《アダマンダイト》がレイフォンにしか使えないとしても、それはそういう仕様だから仕方がないのだ、と考えていた。簡易《シム・》型複合錬金鋼《アダマンダイト》も惜《お》しいところまではいったようだが、しかしそのことで考えを改めること

もなかった。自分はあくまでも研究者であり、それを運用する際に生じる問題は別の人が考えればいいとも思っていた。なにより、個人の追求に汎用性は必要ない。

あるいはこれは、研究者としては正しい考えなのかもしれない。

しかし、実際に自分が作り出したものを世に問おうと思えば、そういう部分に対して配《はい》慮《りょ》がなされていた方が、より受け入れられやすいに違《ちが》いない。出来上がったものに対して、相手に「さてこれをどう使おう？」と考えを丸投げするのではなく、ある程度の方向性を相手に示すことができた方が、相手も安心するのではないか。

この人は研究だけの人ではないのだ。

元から尊敬する先輩だったが、それを知って改めてその念が深まった。

「先輩、すごいですね」

「そんなことはないわ。それに、あなただって錬金鋼《ダイト》の調整で武芸科の人たちにけっこういい評判になっているそうじゃない」

「そんなことないですよ」

「……ねぇ、ちょっと見て欲しいものがあるのよ」

「え？」

「実はね、一応材質の選択《せんたく》は済んでるの。でも、コストを考えるとあんまり良い材は使えなくて、強度計算とかで少し行き詰《づ》まってるのよ」

「ああ、なるほど」

　実際の幼生体……現物が動く様をこの目で見たわけではないが、戦後処理は見学したし、実際に死骸《しがい》に触《ふ》れてその硬《かた》さも実感しているし、数体は解体して研究され、数値化されたデータもある。あんなものが動くとなれば、たとえほぼ直進しかしないとしても色々と難しいに違いない。いや、動くだけであればいいのだ。しかし学生武芸者の一撃《いちげき》で簡単に動きを止めてしまっては話にならない。ならばある程度の強度は必要になる。量産を前提とすれば材質に妥協《だきょう》せざるを得ないとしても、性能まで妥協しては、存在そのものの意味がなくなってしまう。

「ちょっと、君の意見とかも聞いても良いかな？」

「ぜんぜん大丈夫《だいじょうぶ》です。任せてください！」

　ハーレイは胸を叩《たた》く。

　なにを話せば良いのか迷っているよりぜんぜん良い。

　このとき、ハーレイはそう思った。

†

「ちょっといいかな？」

そう言われてキリクは車輪にかけていた手を止めた。授業を終えていつもの研究室へと向かう途中《とちゅう》でのことだ。それで彼の車椅子《くるまいす》は惰性《だせい》もなく止まる。一見すればなんの細工もない手押しの車椅子のようだが、実は自走している。車輪のカバーにかけた手の微妙《びみょう》なニュアンスで操作しているのだ。

向きを変えるのを面倒《めんどう》に思っていると、相手の方が前に回り込んできた。たしか、一つか二つ上の錬金《れんきん》科学生だ。名前は覚えていない。というか聞いたことがあっただろうか？　考えたが、それも面倒になる。

「なんの用だ？」

「……君、僕は先輩《せんぱい》だよ？」

「だからなんの用だ？」

「…………」

再び尋ねると、彼は気を呑《の》まれた顔になり言葉を呑み込んだ。

「……君は、ハーレイ・サットン君と同じ研究室だったね？」

「だからなんだ？」

キリクは静かに苛立《いらだ》っていた。先輩だから敬うのは当たり前だろうという態度……だからではない。最初の一声から、こちらに対して悪意のようなものを潜《ひそ》ませていると感じたからだ。

その男は再び怯《ひる》んだ顔になる。だが、そこには今度こそはっきりとこちらに対しての悪意が透《す》けて見えた。そしてこちらの態度に気を悪くしたことで底意地の悪さまでも垣間見《かいまみ》えるようになる。

「彼、利用されているよ」

「…………」

精神的な立ち直りに時間がかかるのか、彼の顔は引きつっていた。こちらが車椅子ということで男の視線の方が上になる。視線の高さは力が上だと錯覚《さっかく》させるのか、やがて彼の顔には完全にキリクを侮《あなど》る雰囲気《ふんいき》が見えるようになった。

「かわいそうにね。錬金科には純な男が多いから。彼女は美人だからね。簡単に騙《だま》される。自分が次の評価試験のために利用されているとも知らずにね」

「…………」

男はもはや完全にこちらを侮り、饒舌《じょうぜつ》になる。キリクはそれを静かに見守っていた。

「彼女、いまけっこう微妙な立場なんだよ。今年の研究成果が芳《かんば》しくなかったからね。次の実戦評価試験に合格しなければ研究室を追い出されることになるかもしれない。そのために彼は利用……」

「もういいか？」

「ん？………ひっ」

男の言葉を遮《さえぎ》る。調子に乗っていた男はいつのまにかキリクを見ていなかったのだが、その顔を見て声を引きつらせた。

「ならば退《ど》け」

キリクはいつも以上に不機嫌に男を見ただけだが、男はもはや完全に視線に呑まれていた。車椅子の前から、転げるように退く。

「お前も研究者なら、他人をこき下ろす時間を、自分の望むものを作ることにかけたらどうだ？」

「あ、うあ、あ……」

「…………」

男の醜態《しゅうたい》になど興味もなく、キリクは車椅子を動かした。

「おい」

しばらくして、聞き慣れた声が追いかけてくる。

トーラスだ。

「おい、いまのマジかよ？　どうすんだ？」

「どうもせん」

どこで盗《ぬす》み聞きしていたのか慌《あわ》てた様子のトーラスに、しかしキリクは不機嫌顔……つまりいつも通りの表情で呟《つぶや》いた。

「あいつは馬鹿《ばか》だが愚《おろ》かではない」

†

この日がやってきた。

実戦評価試験の日だ。

誰《だれ》もいない休日の野戦グラウンド。朝の空気は清々《すがすが》しく、そしてゆっくりと機械油の臭《にお》いを浸透《しんとう》させようとしている。

ハーレイはすぐ側《そば》で聞こえる、唸《うな》るような駆動音を聞きながら、戦闘《せんとう》訓練用模造汚染獣《おせんじゅう》、通称《つうしょう》『アルファ・ツン』に端末《たんまつ》を繋《つな》げ、その状態を確かめていた。

搬入《はんにゅう》その他、力仕事には他《ほか》からの手伝いが入ったが、この『アルファ・ワン』のチェックはハーレイとネネしか行っていない。

「どう？」

背後からの声は不安に満ちている。落ち着かない様子のネネの足音がずっとハーレイの背中を叩いていた。

「大丈夫、駆動系《くどうけい》は安定して熱が入ってます。この間やった実動テストとほぼ同じ数値ですよ」

ネネの苛立ちを無視して、次は人工知能のチェックに入る。こちらはネネが見るべきものだが、どうしたのか組み上げて以後はハーレイにチェックを任せて他の作業を行っていた。

どうも変だなぁ。

普段《ふだん》の作業とは違うことをやるのは、気晴らしにもなるし、考えてなかった角度からアイディアが湧《わ》いてきたりするので好きだ。そういう意味ではこの『アルファ・ワン』の開発に携《たずさ》われたのは、普段行うジャンク品の復元以上の刺激《しげき》を与《あた》えてくれた。いくつかアイディアを書き留めてもいる。これが終わったら、さっそくにでもそれを試《ため》してみようと思っている。

それにしても、変だよね。

「ネネさん、最終チェックお願いします」

ハーレイが見る限りでは、人工知能に問題はない。人工知能そのものはゴミ拾い機に使われているものとそう大差はない。違うのは、認識《にんしき》するものが敵かゴミか、突進《とっしん》するか拾うか、その違いだけだ。

「うん、ハーレイくんが見て問題ないなら、いいよ」

やはり、ネネは端末の画面を見ようとすることもなくそう告げる。

やっぱりおかしい。

そう思うのだが、いまはそれを聞いている時間はなかった。

時計の針が、もうすぐ評価試験が開始されることを示している。

控《ひか》え室の通信機が電子音を鳴らし、ネネが出る。

「はい、わかりました」

彼女の短い返答に、ハーレイは慌てて『アルファ・ワン』に繋げていた機器を外し、外《がい》殻《かく》がしっかりと嵌《はま》っていることを確かめ、いつでも出られるようにする。

「行きましょう」

「はい」

ハーレイは頷《うなず》き、彼女に『アルファ・ワン』の起動スイッチを渡《わた》す。彼女は黙《もく》したまま
それをしばらく見つめ、そして押した。

『アルファ・ワン』は静かに動き始め、野戦グラウンドを進み始める。ハーレイたちはそ

れを追いかけるために、小型二輪に乗った。

指定された待機位置を、『アルファ・ワン』のセンサーはしっかりと捕捉《ほそく》している。そこに向かい、そして位置に着いたことを確認して停止した。

小型二輪を少し離《はな》れた場所に止め、二人は様子を見る。

ハーレイたちには見えないが、グラウンドの反対側では別の生徒によって開発された戦闘訓練用模造汚染獣がスタート位置に着いたはずだ。

同じ戦闘訓練用模造汚染獣同士の戦い。それに勝たなければならない。ただ勝つだけではない。総合的な能力……耐久性《たいきゅうせい》、持久性、修理ノウハウの見やすさ、生産ラインに乗せたときのコストパフォーマンス……戦い以外の全《すべ》ての面でも勝たなければならない。

これは、難しいよね。

ただ戦いに勝つだけならいくらでも注ぎ込めた部分を、その他の部分を考慮《こうりょ》しなければならないために力を入れられない、そのもどかしさは、この場に来て不安に繋がってくる。

当事者であるネネの厳しい表情も当たり前というものだ。

「大丈夫、勝ちますよ」

思わずそう言ってしまった。

ネネは驚《おどろ》いた顔でこちらに振《ふ》り返り、微苦笑《びくしょう》を浮《う》かべる。

「研究者がそんな安っぽい希望的観測を言うものじゃないわ」

開始のサイレンが鳴った。

静かな駆動音《くどう》を響《ひび》かせていた『アルファ・ワン』はその瞬間《しゅんかん》、動き始める。実際の幼生体はあの巨体《きょたい》を無数の足によって支え移動していたが、さすがにそれを再現していては機構が複雑になって支障が出る。そのため、建築用重機に用いられる無限軌道《キャタピラー》を採用することにした。

無限軌道《キャタピラー》は野戦グラウンドのやや湿《しめ》った土にしっかりと食い込み、前進を始める。いまはまだ全速ではない。センサーが敵の位置を探《さぐ》っているのだ。

やがてそのセンサーが敵の位置を捕捉したのか、猛然《もうぜん》とした音を響かせて『アルファ・ワン』は速度を上げた。

「戻《もど》りましょう」

「はい」

追いかけてもできることはない。控え室の端末から『アルファ・ワン』のデータを観測するために、二人は小型二輪を走らせた。

『アルファ・ワン』は進む。

敵の位置ははっきりとしている。そして距離《きょり》は縮まっていく。こちらの速度以上の接近は、相手側も『アルファ・ワン』の位置に気付いたことを示すが、それによってなにか作戦を立てるようなこともなく、ただひたすらに猛進《もうしん》する。

それは、武芸者たちの証言によって得た幼生体の行動そのままの、愚直《ぐちょく》なまでの突撃《とつげき》だった。違《ちが》いがあるとすれば、幼生体のそれは生存本能に従ったものであり、『アルファ・ワン』のそれは『敵に猛進し、破壊《はかい》する』という行動しか許されていないためであることか。

『アルファ・ワン』それは一機の巨大な打撃兵器であるとも言える。目標に向かってただひたすら進み、その外殻《がいかく》で打撃し、打ち砕《くだ》くことにのみ存在意義を認められるのが、同じと考えられるだろう。

『アルファ・ワン』は進む。野戦グラウンド中央に茂《しげ》る人造林を押《お》し倒《たお》し、踏《ふ》みつぶしながら進んでいく。

目指す敵は、視認可能距離に存在した。

同じ存在意義を与えられた戦闘訓練用模造汚染獣は『アルファ・ワン』をめがけて進む。

『アルファ・ワン』もまた、相手に向かって突撃を敢行《かんこう》する。

二つの外殻が衝突《しょうとつ》し合い、一部が弾《はじ》け、火花と呼ぶにはあまりにも盛大《せいだい》な光を散らし、轟音《ごうおん》が地面を揺《ゆ》らした。

衝突音はハーレイたちのところにまで届いた。

「被害《ひがい》は？」

ネネの引きつった声に、ハーレイは画面に羅列《られつ》される情報を読み取る。

「外殻の何か所かに損傷と亀裂《きれつ》が発生したみたい。内部機構は……問題なし！」

ハーレイはうれしさのあまり叫《さけ》ぶ。だが、ネネからの返答はない。振り返れば、彼女は胸の前で手を合わせたまま、やや呆然《ぼうぜん》としている様子だった。

「……やったわ」

「やったよ！」

ネネの硬直《こうちょく》がゆっくりと解けていく。だがまだ試験が終わったわけではない。ハーレイはすぐに端末の画面に目を戻した。

「機構の数か所に大規模な負荷が継続《けいぞく》中。押し合いになってます。だけど動力には問題なし。熱の上昇値《じょうしょうち》もまだ予想の範囲《はんい》内」

羅列されたデータからジリジリとした押し合いが続けられていることがわかる。衝突によってどちらかが跳《は》ね飛ばされたということはなく、そのまま組み合った形へともつれ込んだのだ。武芸者を相手にした場合はこの想定にはあまり意味はない。だが、ハーレイはこの評価試験の話を聞いたときからこの可能性は考えていた。だから、各種部分の負荷に対する耐性《たいせい》には十分に気を使ったつもりだ。

耐久力には自信がある。

あとは、動力。この力比べに勝てば良い。

緊張《きんちょう》で胃が縮まるような思いがハーレイを襲《おそ》う。一時は硬直の解《ほぐ》れたネネも、再び緊張しているのが背中越《ご》しに感じられた。二人の緊張が端末に注がれ、そのためか、画面上の数字の変化がひどくもどかしく感じられた。

「……あっ」

ハーレイが見つめていた数字に変化が起きた。無限軌道《キャタピラー》へ動力を送る機構への負荷数が急激に減り始めたのだ。それは無限軌道《キャタピラー》が正常に地面を掻《か》き、前へ進み出したことを示している。決して、組み合いが解けてのものではない。その証拠《しょうこ》に通常走行時よりも大きな負荷がいまだ各所には存在している。

「押し返した。……やった、押し返した！」

ハーレイが手を叩《たた》く。

「…………」

「よし、行け！　このまま行けっ！」

ネネの沈黙《ちんもく》を気にすることなく、ハーレイは端末《たんまつ》のデータを追いかけていく。動力はさらなる加速を無限軌道《キャタピラー》に命じている。無限軌道《キャタピラー》がそれに応じ、地面に噛《か》みついて前に進む。外殻前部にかかる負荷に変化が生まれる。表層部に破損がいくつか生まれ、亀裂が進行したようだが、内部はいまだ無傷だ。

『アルファ・ワン』は順調に相手を押し続けている。

そのとき、通信機がいきなり呼び出し音を鳴らした。

「……なに？」

まだ試験は終わっていない。このタイミングでの連絡《れんらく》は予定には入っていない。

ネネが不安顔で通信機を摑《つか》んだ。

「……はい。………………え？」

その声でハーレイにも不安が伝播《でんぱ》する。データはこちらの有利を表示し続けている。それなのに、ネネの顔はなにかまずいことが起こっていることを示していた。

「わかりました。すぐに対応します。……念のために、避難《ひなん》の準備を」

不穏《ふおん》な言葉に、ハーレイは立ち上がった。

「先輩《せんぱい》、なにが？」

「……向こうの機体、もう活動停止信号を出しているらしいの」

「え!?」

驚いてハーレイは端末を確認する。だが、羅列されたデータのセンサー部分にはそんな表示はされていない。

訓練用であるため、相手を死傷させることがこの機体の目的ではない。そのため、訓練時には武芸者の戦闘衣《せんとうい》に生体データを観測する機器を付け、活動能力が一定値まで低下したら信号を発するようになっている。機体はその信号を受けるとそれ以上攻撃《こうげき》しないよう、安全装置が取り付けられているのだが……

「安全装置がまともに動いていない？　それともセンサー？　まさか……」

最初のぶつかり合いでセンサーが故障したのか？　しかしそんな兆候はなかった。ならば端末に表示されているデータが間違っているということか？

どれだけ端末を操作してみても、原因がわからない。

「先輩、お願いします」

「ええ」

ハーレイではどうにもならない。やはり、ここは開発者に動いてもらわなければ。場所を空けると、青ざめた顔のネネがすばやく端末を操作する。ハーレイと同じ手順。やはり同じ結果しか導き出せない。

「……もしかして」

ネネはそう呟《つぶや》くと観測データを一旦《いったん》閉じ、別のものを表示させる。

それは、『アルファ・ワン』を動かす人工知能のプログラムだった。

「……やっぱり、センサー類のリンクにバグがある」

「え？」

「おそらく、センサーは信号を受信しているはずよ。でも、その信号を識別できていないからノイズとして破棄《はき》されている。観測データに出るはずがないわ」

「そんな……」

呆然としたのは一瞬《いっしゅん》、ハーレイはすぐに立ち直る。このまま放《ほう》っておくわけにはいかない。『アルファ・ワン』はいまも進んでいるのだ。おそらく、敵機体を完全破壊……敵性信号が発信され続ける以上、その猛進が止まることはない。このままでは野戦グラウンドを囲む壁《かべ》に衝突する。それが破壊されるとはさすがに思わないが、進行方向によっては向こうの控《ひか》え室を直撃する可能性だってある。しかも、お互《たが》いにほぼ直進しかさせていないはずなのだから、その可能性はかなり高い。

「緊急《きんきゅう》停止を」

「だめ。センサー類のバグよ。こちらの信号もききはしないわ」

「向こうの敵性信号を止めることは？」

「できるなら、もうしているはず。できていないのだから、おそらくは向こうも衝突の破損で問題が起きているのでしょうね」

「そんな……」

息を呑《の》むハーレイの前で、ネネは大きくうなだれた。

「ふふ……これは罰《ばつ》ね」

「……え？」

「ズルをしようとするから、こんな基本的なことを見落としてしまう」

「…………」

「わたしね、今年はかなり成績不振《ふしん》だったの。この試験の結果次第《しだい》では研究室を取り上げられるぐらいにね」

いきなりのネネの告白に、ハーレイの言葉はない。

「自信をなくしてたわ。研究室を取り上げられたくなくて、今回の評価試験のために『アルファ・ワン』を開発したけど、できるって自信がぜんぜんなかった。……そんなときに、成績優秀《ゆうしゅう》な君の話を聞いて、すがってみたくなって……」

「いや、そんな話はいまはどうでもいいですよ」

いきなりのネネの独白にハーレイは驚《おどろ》いていた。

彼女の真意を知ったからではない。

どうしていま、そんな話をするのか。

いまはそんな状況《じょうきょう》ではない。

「言いたいことがあるなら後で聞きますから、いまはできることをしましょう」

「できることって……」

ネネも驚いた顔をしている。さきほどの告白は、ハーレイへの気持ちが嘘《うそ》であることを示しているというのに。

しかしハーレイはそんなことを気にしてはいなかった。

「バグの修正はすぐにできますよね？」

「え？　ええ……」

「それなら、お願いします」

「でも、ここで直しても、向こうには反映されないわ。言ったでしょう、センサー類がバグで……」

「それなら、直接換《か》えるだけです」

「直接って……」

「僕がやります」

「…………」

「急いで！」

「は、はい！」

ハーレイの言葉にネネは慌《あわ》てて端末を操作し、プログラムを書き換《か》えていく。戸惑《とまど》ってはいるようだが、彼女も技術者だ。なにをどうすればいいかはすでに頭の中にあったようで、考えている様子もなく指が動き、瞬《また》く間《ま》にプログラムの修正が完了《かんりよう》する。

それをデータチップに移す。

転送作業の間に、ハーレイは小型二輪のエンジンをかける。

「これを後部外殻《がいかく》の第三端子《たんし》に差し込めば、すぐに書き換えが行われるわ」

「わかりました」

受け取ったデータチップをポケットにしまい、ハーレイは小型二輪を走らせる。

ネネはそれを、ただ見守るしかなかった。

†

小型二輪を走らせる。

アクセルを全開にして中央にある森に入る。法則性もなく適当に植えられた木々をかわし、決して走りやすいとは言えないおうとつの激しい地面を駆《か》けながらかわしていく。

普段《ふだん》ならば悲鳴を上げ、アクセルを弱めているところだが、いまのハーレイはそうしない。彼の頭にはいまだ視認《しにん》できていない『アルファ・ワン』を見つけ出すことしかなく、地面に刻まれた無限軌道《キャタピラー》の轍《わだち》と、踏《ふ》み倒《たお》された木々の痕跡《こんせき》を追うことに集中していた。『アルファ・ワン』の轍に沿って進めば、障害物はすでに排除《はいじょ》されている。そのことが彼の運動神経にとっては幸運となっていた。

「いた」

荒《あ》れ地を進む揺《ゆ》れに舌を噛みそうになりながら呟く。

林を抜《ぬ》けたところで『アルファ・ワン』の姿を見つけた。相手の訓練用模造汚染獣《おせんじゅう》は横だおしになり、『アルファ・ワン』によって転がされているような状態だった。あんな状態では受信機能が壊《こわ》れていたとしてもおかしくはない。信号の発信器は、おそらくかなり簡単な構造のはずだ。だからこそそれ単体ではなかなか壊れないだろうが、それを受ける『アルファ・ワン』に問題があるのだから止まるはずがない。

こちらのアクセルはすでに全開だが、人工林の悪路を切り抜けたことで多少速度が上がる。『アルファ・ワン』も敵を押しながらの進行だから、それほど速度が出ているわけではない。

ハーレイの乗る小型二輪は着実に『アルファ・ワン』に接近する。活動中の戦闘機械は、近くで見れば威圧感《いあっかん》がある。それに呑まれることなく、ハーレイは後部外殻を目指す。

「もう少し……よしっ！」

前輪が後部外殻に接触《せっしょく》するかいなか……

腹に力を込《こ》め、ハーレイは小型二輪を横に滑《すべ》らせると、『アルファ・ワン』に向けて飛んだ。

「うわっ、たっ、とっ……」

体を打った痛みと激しい動きに自分の位置を忘れそうになりながら、手をすばやく外殻に張り付け、なんとかとっかかりを摑むことに成功した。

無限軌道《キャタピラー》の振動《しんどう》がハーレイを揺らす。振《ふ》り落とされないように踏ん張りながら、ハーレイは第三端子のカバーを探《さぐ》り当て、開き、そしてデータチップを差し込むことに成功した。

接続端子周辺にはデータの移行が行われることを示す画面はなにもない。ハーレイは揺れる『アルファ・ワン』から弾《はじ》き飛ばされながら、ただ成功を信じるしかなかった。

強い衝撃《しょうげき》が、彼を暗い世界に引き込んでいった。

なにか暖かいものに包まれている気がして、ハーレイは目を覚ました。

†

「あ、先輩」

眼前にネネの顔がある。青ざめたその顔は、ハーレイが目覚めると瞬く間に生気を取り戻《もど》し、そしてハーレイを包むなにかの圧力が強くなった。

いや、包まれているのではない。

抱《だ》きしめられていた。

いまごろになって、ネネの顔がとても近くにあることに気付く。

「あ、あれ……先輩?」

どうしてこんなことに? ハーレイは状況がわからずに混乱した。

「『アルファ・ワン』は?」

「止まったわ。あなたのおかげよ」

「あ、そ、それは良かったですね」

混乱が、すぐに動揺《どうよう》に変化する。『アルファ・ワン』の開発を手伝っていたときは、正直、ネネに告白されたことなどすっかり忘れていた。ただ熱中していた。

しかし、全《すべ》てのことが終わって冷静になる。彼女の告白が嘘であり、自分はただ利用されただけなのだということを改めて実感する。

利用されたことそのものは、なんとも思っていない。自分にとって、とても役に立つ経験だったと思う。

告白が嘘だったのは、やはり悲しいが。

いやしかし、嘘だったのだとしたら、いまのこの状況はなんだろう？

「あの、もう大丈夫《だいじょうぶ》ですから」

放してください。気恥《きは》ずかしさからそう言おうとしたが、ネネの瞳《ひとみ》がそれを許さなかった。

「ねぇ、どうしてわたしの故郷では名前が二つあるのに、片方しか呼ばせないか、わかる？」

「え？　いや……」

「二つ同時に呼んで良いのは、心を許した恋人《こいびと》にだけだから」

瞳を閉じたネネの顔がさらに急接近してくる。

経験したことのない感触《かんしょく》がハーレイを襲《おそ》う。

「今度は、嘘じゃないわ」

処理不能で再び暗闇《くらやみ》に落ちていくハーレイの耳に聞こえた最後の言葉は、とても熱く、甘かった。

はずなのだが……

†

「素敵《すてき》だったわ、ハーレイくん」

奇怪《きかい》な合成音声で目を覚ますと、眼前にありえない存在がいた。

「うわぁぁぁぁ！」

思わず悲鳴を上げる。

そこにいたのは、さきほどまでいたはずのネネの理知的でいて愛嬌《あいきょう》も含《ふく》まれた顔ではない。無機質なので生気があるはずもなく、人としての肌《はだ》の艶《つや》が存在しない。

それは人形だった。

そして覚えがあった。

超絶小娘《ちょうぜつこむすめ》ランティカだ。

「ふははははは！　どうだおれの技術力！」

ランティカの背後でトーラスが高笑いしていた。

「人工知能を搭載《とうさい》してある程度の自律行動は可能。登録した人間の識別も可能。向けられた言葉から相手の感情を類推して表情まで作る！　あとは人工皮膚《ひふ》に張り替《か》えれば完璧《かんぺき》なアンドロイドの完成だ！」

「え？　え？」

混乱したまま、ハーレイは辺りを見回した。

保健室だ、ここは。

「え？　どういうこと？」

「知らん」

ランティカの頭を撫《な》でるトーラスに目を奪《うば》われて、反対側にいたキリクに気付くのが遅《おく》れた。

「お前が怪我《けが》をしたと連絡《れんらく》を受けてここに来た。後は知らん」

「え？　あのネネ・ミー………先輩《せんぱい》は？」

「見てないな」

「へぇ？」

「おいおい、そんないつか劣化《れっか》する女のことなんて忘れちまえよ。ランティカは最高だぞ。

ないことを確認する。

とりあえずトーラスを黙《だま》らせ、もう一度白いベッドから自分の周囲を確認し、彼女がい

「さらりと最低だよね、君は！」

永遠に変わらないぞ。バージョンアップするぞ。思いのままだぞ」

「えー……どういうこと？」

どうして彼女はいないのか？

気絶する前に聞いた、彼女のあの言葉は本当だったのか、それとも夢だったのか……たしかにデータチップの差し込みに成功したとき、気が緩《ゆる》んだのか、『あ、いまの僕ってちょっとカッコいいかも』とは思ったけれど。

そう思ったことで見てしまったただの夢だったのか。こうなればいいなというただの妄《もう》想《そう》だったのか？

どれだけ考えても結論は出ない。いや、出したくないのか。

しかしいま、ネネがこの場にいないことはたしかで、だとすればあれは本当に……？

「ハーレイくん、元気出して」

ランティカの無機質な手がハーレイの肩《かた》に置かれる。

彼女のいまだ未完成な表情に引き込まれそうになって、ハーレイが少し本気でアンドロ

イドを作りたくなったのは内緒《ないしょ》の話だ。

ウィズ・ホラーハウス

いまさら感が満載《まんさい》すぎて、こんなことを思っているだなんて口に出すのも躊躇《ためら》われる。

しかしそれでも言いたい。

言っておきたい。

「なんでおれ、ここにいるんだろう？」

エド・ドロンは、おれはそう呟《つぶや》く。

ときは夜。

学園都市ツェルニの一角にそれはある。

古びた建物だ。元は、たぶんお酒を呑《の》んだりする店が入っていたビルだろう。そんな看板が錆《さ》びて放置されている。となるとこの辺りは、昔はそういう店が集《つど》う一角だったのか？　いまではその面影《おもかげ》はほとんどない。周囲にあるのは道と公園と林だけで、区画と区画の間にある通り道のような場所となっていた。

では、そういう変化から置いていかれたこのビルが、いま、どういうことになっているのか、それは立ち入り禁止の鎖《くさり》がドアにかかっていることで教えてくれている。

なにか事情があって、活発な新陳代謝《しんちんたいしゃ》を繰《く》り返す自律型移動都市《レギオス》の街並みから取り残されてしまったのだろう。

その事情とはなんなのか？

「それを調べることが怪奇《かいき》愛好会の活動内容の一つです」

サークルの会長がビルの前に立って説明をしている。暗くてよくわからないが、新しく入った学生たちに説明をするその様子には、緊張《きんちょう》が混じっているような気がした。

会長はさらにこういった廃墟《はいきょ》を調べる際のマナーのようなものを説明している。生徒会や都市警察にはきちんと届け出をしているだとか、ゴミを捨てないとか、落書きをしないとか、そういったものだ。

そんな眼前の光景とはまた別に……

「ふふふ、楽しみですねぇ」

そんなことを隣《となり》の女性が呟いている。

エドをここに連れてきた女性、エーリ先輩だ。

「いや、先輩、すごいいまさらですけど……」

「はい？」

「おれ、このサークルに入った覚えはないんですけど？」

「え？　入ってますよ？」

「え？」

「いや、入ってませんて」

「入ってますよ」

「いつ⁉」

「新しいお部屋を紹介《しょうかい》したときに」

「ふぐお！」

思わぬ場所からの攻撃《こうげき》に、おれは仰《の》け反《ぞ》った。

そう。学年が変わる少し前、おれはエーリ先輩の紹介で新しい部屋を格安で譲《ゆず》ってもらっていた。

譲ってもらった。たしかに恩を受けたという気持ちはあった。

だがまさか、その紹介の代金がサークル入りだったなんて。

「うおおお、まさかこんな罠《わな》があるなんて」

「ふふふ、罠だなんて、そんな……」

「いや、褒《ほ》めてませんから」

なんでそこで照れるのかがわからない。

そんなことを言い合っているうちに会長の説明は終わってしまったようだ。なにかを言われたのか、怪奇愛好会の面々は動き出している。

「ああもう、聞き逃《のが》したじゃないですか」

「ふふふ、大丈夫《だいじょうぶ》ですよう。このビルに入るのは毎年の恒例《こうれい》行事ですから……」

と、いきなりだ。

そこでエーリ先輩の声が途切《とぎ》れた。

「すいません」

え？　と思っていると迷いのない声に呼ばれて振《ふ》り返っていた。エーリ先輩がどうして話すのを止《や》めたのかはわからずじまいになってしまった。

振り返ったそこにいたのは、美人だった。

知らない美人だった。

「え？」

なんで顔見知りでもない美人がおれに声をかけたのかわからない。

「えと……なんですか？」

「よろしかったら、一緒《いっしょ》になってくれませんか？」

「え？　あ、はい……はい？」

いきなり美人に話しかけられるなんて未知の体験に、おれの頭は思考を停止してしまっていた。脊髄《せきずい》反射で承諾《しょうだく》してしまう。

「それは承諾と受け取ってよろしいのでしょうか？」

「あ、はい。いいです。お願いします」

「ありがとうございます」

そう言って彼女はおれの前にとどまる。そちらから声をかけてきたというのに、混乱して変な受け答えをしたおれのことなどまるで眼中にないかのようだ。おれは他《ほか》を見回す。どうやら、少数のグループになって順番にビルに入っていくことになるようだ。

そして、この子がおれと一緒に行くことを選んだ？

「あ、えと……おれはエド・ドロン。二年」

「ヴァティ・レン。一年生です。よろしくお願いします」

「お、よ、よろしく」

美人の放つ言いようのない迫力《はくりょく》におれは呑まれてしまっていた。

「……エドくんは美人に弱いですねぇ」

「そ、そんなことはないですよ」

エーリ先輩《せんぱい》からの思わぬ言葉におれは慌《あわ》てた。

「えー？　あからさまにわたしと態度違《ちが》いませんか？」

「いやいやいや、ちょっといきなりで慌てただけで」

「すいません、いきなりで驚《おどろ》かせてしまいました」

「いや、大丈夫」

おれとエーリ先輩の会話が聞こえたらしい。おれは慌てて返事をし、その流れで彼女を改めて観察した。暗くてはっきりとは見えないが、それでも美人とわかるくらいに美人だ。ただ、表情に変化がないっぽい。まるで念威繰者《ねんいそうしゃ》のようだ。私服だから一般人《いっぱん》のおれにはどっちかわからない。

聞かない方が無難だと思ってそのままにしておいた。

……と、背中になにかが突《つ》き刺《さ》さっているような気がした。

まさか、エーリ先輩の視線？

怒《おこ》ってる？

なぜ？

「呪《のろ》いますよ？」

「やめてください。冗談《じょうだん》抜《ぬ》きで」

いきなりそう言われて、おれは驚きで悲鳴を上げそうになった。

先輩なら本気でできそうだから怖《こわ》い。

すぐ近くではヴァティが首を傾《かし》げるかのようにしておれを見ている。

エーリ先輩は普段《ふだん》のファッションがすでにあれだが、しかしだからといって初対面の人に変な印象を植え付ける必要もない。おれはとりあえず笑顔《えがお》で誤魔化《ごまか》そうとして、彼女と目が合って固まってしまった。

なんかすげぇ澄《す》んでる気がする。

うう、美人にそんなにまじまじ見られるなんて経験がおれにはないのだった。

だから、すげぇ緊張する。

順番が来たことを報《しら》せる声が、このときには救いに思えた。

「い、いきましょう」

このとき、おれはおそらく初めて、自分から積極的に廃墟に入っていった。

中にはすでにたくさんの人がいる。そう思えば怖くもなかった。

実際、そこかしこから人の声が反響《はんきょう》して届いてくる。ビルの中の電気はつけられていない。懐中《かいちゅう》電灯だけで視界は頼《たよ》りないけれど、聞こえてくる声のおかげで少しも怖くなかった。

あるいはもしかしたら、もう普通《ふつう》の廃墟程度では恐《こわ》がれなくなったのかもしれない。

「いろいろ、変な体験したしなぁ」

思わず漏《も》らす。

「え?」

「あ、ごめん、独り言」

「そうですか」

ヴァティに聞き返されておれは慌てる。こんなことを誰《だれ》かに聞かれたら変な奴《やつ》だと思われてしまう。

無限箱地獄とか吐血鬼《とけつき》とか、エーリ先輩と遭遇《そうぐう》する不思議時空をどう説明しろというのか。

というか信じてもらえるはずがない。

あぶないあぶない。心の中で呟くようにしながらおれは廃墟を進んでいく。

というか、懐中電灯を持って先頭歩いてるとか、なんかおれらしくなくないか?

「…………」

うおっ、いま気付いた。美人の前をこんなに堂々と歩く日が来るなんて、想像さえもしてなかったよ。

気付いたら緊張してきた。

おおおお……なにを話したらいいんだ？

途方《とほう》に暮れる。

今日に限ってエーリ先輩がなにも喋《しゃべ》らない。得意の「ふふふ」さえも口にしない。

黙々《もくもく》とおれの後ろを付いて歩いている。

どうしてこんなときに限って。おれは天を仰《あお》いだ。真っ暗な天井《てんじょう》しか見えない。これは救いはないという教えか。自分でどうにかするしかないと？

チクショウ。わかったよ、なんとかするよ。

「……ヴァティさんは、こういうのに興味があるの？」

わかってるよ、平凡《へいぼん》な質問しかできてないってわかってるよ！

だけど他にどんな会話の滑《すべ》り出しがあるっていうんだよ。

「いえ、まったくありません」

しかし、彼女の答えは予想を超《こ》えていた。

「ないの？」

「ありません」

「ないのにどうして……？　あ、誰かに誘《さそ》われたとか？」

クラスメートに誘われて付き合いでやってきた。そういうことはありそうだ。

ならどうして友達と一緒にいない。

それは、まぁ、喧嘩《けんか》したとか、友達が事情で来れなくなったとか。

「いえ、このイベントのことは掲示板《けいじばん》で知りました」

さらにおれの予想を超えて行かれたぜ。

「興味ないのに、どうして……？」

「別のことに興味がありましたから」

「別のこと？」

「吊り橋効果《つ　ばし》です」

「吊り橋？　なに？」

聞いたことのない単語だ。橋がついているから橋なんだろうけど、吊られた橋？

「放浪《ほうろう》バス効果とも言います」

「放浪バス効果……」

いや、放浪バスは知ってるけど。放浪バスでなんの効果？　なんかむしろ不安になってくるんですけど、放浪バスに乗っていると健康に害が？

そんなおれの心配をよそにヴァティは淡々《たんたん》と説明してくれた。

「緊張《きんちょう》状態で二人きりになった男女は、その緊張状態での身体の反応を恋《こい》と勘違《かんちが》いしてしまうらしいのです」

「は？」

「不安による緊張で人は血圧や脈拍《みゃくはく》が上昇《じょうしょう》します。それは好意の対象を認識《にんしき》したときの反応の一つでもあるのです。そのために、緊張状態で男女が二人きりになると、その際の血圧や脈拍の上昇を相手への好意と勘違いしてしまう可能性があるのです」

「な、なるほど、勘違いなんだ」

「はい」

廃墟《はいきょ》をうろうろすれば、そりゃ怖さで緊張したり脈拍が上昇——ドキドキってことだろ？——とかしたりするだろうけど、それを恋と間違えたりするのか。

恋と、ねぇ。

うーん？

「ところで、エド先輩、わたしにドキドキしていますか？」

「……ごめん、別の意味でドキドキしているかもしれない」

こんな美人なのに残念な人だったのかよ！　とか、エーリ先輩といい、こういう女性には近づいてきてもらえるんだなとか。

「そうですか？　特別、脈拍が上昇しているようには見受けられませんし、失敗だったかもしれません」

その失敗っていうのは、おれを選んだことが失敗ってことだろうか？

なんか、地味に傷つくなぁ。

まぁ、それはいいや。この程度でへこたれるおれじゃないしな！

気になることは別にあったりもする。

「あのさ」

「はい？」

「平気な顔してるけど、まったく怖くないの？」

「はい」

「幽霊《ゆうれい》とか、ぜんぜん信じてないんだ」

それにしても、こんなところに入ったら少しは怖いと思うだろうに。暗くてよくわからないけど、ぜんぜん怖がってる様子がない。

「信じる、信じないという言葉の定義に当てはまるほど興味もないというのが正解だと思われます。存在しているとしても、それを確認し実証する術《すべ》をわたしは持っていません。

あるいは存在していないとしても、やはり存在していないことを立証する術を持っていません」

「えーと……」

とにかく難しい言葉を使いたがるなぁ。

変な子だと改めて思う。

でもそのおかげで、最初のように美人だからってだけで気圧《けお》されることもないのかもしれないと考えると、複雑な気分だ。

つまり、変な子に慣れてしまってるってことだろう？

おれの後ろには変な子の究極みたいな人がいるから、ちょっとやそっとの変な子じゃ驚かないってことだろう？

それって、どうなんだろうなぁ。

それにしてもエーリ先輩、今日は黙《だま》りっぱなしだなぁ。

なんて考えている間も、ヴァティは話し続けている。

「わたしには幽霊を知覚できる感覚が存在しません。しかし、それをそのまま存在していないという根拠《こんきょ》にするにわけにはいきません。聴覚《ちょうかく》に可聴領域があるように、視覚に視野があるように、感覚器官には感知できる範囲《はんい》があります。幽霊とは、現在の人類が確認できる感知方法では感知できない存在であるということかもしれません。その場合は、まったく新たな感知装置が開発されることで幽霊の存在を特定することができるようになるかもしれません。未来の可能性までも否定することはできません。ですので、幽霊がいないとは言い切れません。また、感知できないことで重大な問題が生じているわけでもありません。ですのでわたしは、この問題を放置することに決めています」

「ほ、ほう」

とりあえず、わかった気になっておこう。うん。

「言えることはただ一つ、わたしには幽霊の存在を認識することができないということだけです」

「なるほど」

つまり、いてもいなくてもどっちでもいい。どうせなにもしてこない。

そういうことだと思う。思われる。たぶん。

ただ、そういう風に言ってしまうと、幽霊なんてそれこそ意味がないものになってしまうかもしれない。

おれだって、エーリ先輩《せんぱい》と知り合うまでは幽霊なんて話の中だけの存在で、実際にいるなんて思ってもみなかった。それは暗がりを怖《こわ》がる理由みたいなものだった。いや、暗がりを怖いと思ってできあがる幻《まぼろし》なのかな？　どっちが先かわからないけど、そういう風に曖昧《あいまい》にしておくものなんだと思っていた。

曖昧な方が、怪奇《かいき》愛好会がいま廃墟に入り込んでいるみたいに、恐いという気持ちを楽しむというやり方ができてしまうから。

いや、おれは本来、好きこのんでこんなところに来たりする趣味《しゅみ》はなかったのだけれど。ていうかいまもないけど。

エーリ先輩に出会わなければ、こんなことにはならなかっただろう。

その先輩はずっと黙っている。ヴァティの言葉にまっさきに反論しそうなものだが。

いてもいなくてもいいではありませんよ。いればいいなと夢想することに意義があるのです。

とかなんとか。

うん、きっとこんな感じに言うに決まっている。

普段《ふだん》なら。

まったく、今日はどうしてしまったのだろう？

振《ふ》り返っても俯《うつむ》き加減《かげん》で黙々と付いてくるエーリ先輩がいるだけだ。

どうしたもんかな？

そう思う。

ドキドキ、吊り橋効果？　放浪バス効果？

ヴァティが言っていたことを思い出す。

おれと先輩は、いろいろとわけのわからない不思議時空を一人で体験した。死にそうな目にもあった。もしかしたら一回二回は、実は死んでいたかもしれない。不思議時空だから不思議に助かっていただけかもしれない。

ドキドキなんてもんじゃないくらい、心臓はバックンバックンいっていたと思う。

あのときの感覚を、おれは恋と勘違いとかしちゃってたりするのだろうか？

ていうか恋してるのだろうか？

おれは、先輩に、恋とかしてるのだろうか？

「これで一周ですね」

ヴァティの声ではっとなる。こんな風に大勢でわいわいと歩き回るような廃墟だ。外見ほどに中は荒《あ》れてなかった。落書きもなかったし、床《ゆか》が抜《ぬ》けることもなかったし、変な世界への扉《とびら》が開いていたりもしなかった。

安全なただの廃墟だ。

「えーと、君の実験の役に立たなかったみたいで、ごめん」

「かまいません。見かけたので試《ため》してみたかっただけですので」

言葉の通りにヴァティは気にしていないようだった。

そのまま、おれたちは廃墟から出る。先に出ていた怪奇愛好会の面々が、騒《さわ》がしくおれたちを出迎《でむか》えてくれた。

「余計なお世話かもしれませんが」

ふうと息を吐《は》いているとヴァティがそんなことを言った。

「なに？」

「独り言は少し減らされた方が良いと思います」

「え？」

「合流する前のことです。演技の練習でもしていたのですか？　それでは」

用は済んだとばかりに去って行くヴァティを見送りながら、おれは『え？』となっていた。

「独り言って、なに言ってんですかね？」

おれはずっと先輩と話していた。振り返ってそれを確認しようとして……

「あれ？」

そこには誰《だれ》もいなかった。

「あれ?……ああ」

なんか嫌《いや》な予感がする。

「エドくん、お疲《つか》れ様」

予感が当たっていることを教えるように、予想外の方向からエーリ先輩がやってきた。

「……先輩、今夜はどこに?」

「どこにって、今夜のイベントのお手伝いをすることになるって言いませんでしたっけ?」

「え? いや、いたでしょう?」

「いませんよ。ああ、でもできたら、エドくんと一緒《いっしょ》に回りたいなとは思ってましたけど。そういえばなにやらきれいな女性と一緒に行ってましたねぇ」

恨《うら》みがましげな声におれは震《ふる》える。

幽霊だった? だからヴァティには見えていなかった? 彼女には幽霊が見えない。おれだって見えないはずだけど、でも、おれには見えていた。

幽霊はいた。

いや、それはいいんだ。それよりも気になることが。

ずっと後ろにいたなにかは、本当に先輩にそっくりだった。

それは、どういうことなのか？

考えたら不安になる。

そして、こんな気持ちが恋《こい》に繋《つな》がるとはとても思えないと、おれは思った。

思いたいと思った。

ブレイン・ストーム・イング

　パーッと明るいことをしよう。

「……で、どんなことするつもり？」

　サミラヤの提案は、レウの冷静なツッコミによって停止した。両手を挙げたまま。『パーッ』を表現した格好のまま。

　二人は生徒会長執務《しつむ》室の会長の机と、先代のときにはなかった副会長の机にいる。サミラヤは『パーッ』の格好をしたまま、レウはそれを見ないまま書類と向き合っている。

「相手してっ！」

「してるじゃない」

「こっち見てよー」

「もう」

　ため息を吐《つ》いてレウが顔を上げると、サミラヤは嬉《うれ》しそうに『パーッ』の格好に勢いをつける。

「うん、もうそれはわかったから」

「冷たいっ！」

サミラヤが涙目になるのはいつものことなのでそこもレウは無視し、冷静に話を進めていく。

「それで、明るくなることってなに？」

「お祭り！」

サミラヤが意地になって『パーッ』の格好を続けている。

「お祭りなんて、うちが主催《しゅさい》しなくても商業科とか商店街とか大手のサークルとか……企《き》画《かく》が腐《くさ》るほど持ち込まれてるじゃない。というかいままさに」

レウがいままで眺《なが》めていた書類をペンで叩《たた》く。

そこにあるのはレウが挙げたような諸々《もろもろ》の団体から持ち込まれたお祭り企画だ。

「新入生をもてはやす時期も終わったし、商業系はあの手この手を考えたいわよね」

先輩たちに案内されて新入生が学園都市の基礎《きそ》を知る時期は終わったが、商店側はそこからさらにお気に入りの店を開拓《かいたく》して欲しいし、そこが自分の店であって欲しい。そういうわけで商店側は個別で割引セールなどもすれば、こういうお祭りを企画してここにも商店街はあるぞという主張をしたりもする。

「いまあえて生徒会がそういうのを企画する必要なんてぜんぜんないと思うけど？」

「むー」

正論を前にしてサミラヤは不満げだ。

「そういうのじゃ、なくて！」

「お願いだから、感覚だけで説明しようとしないでよ？」

「あうっ！」

「そこはサミの悪い癖《くせ》よね」

「あうぅぅぅぅ」

レウは言葉を失って頭を抱《かか》えるサミラヤから書類に目を戻《もど》した。自分たちの予算で祭りをしたいというのだから、レウとしてはどうぞご自由にと言いたいところだが、しかし好きにやらせてそれで問題が起きた場合、生徒会の監督《かんとく》問題になってしまう。だから祭りを行う際の規則を定め、企画された祭りが規則に従っているかを確かめてから許可の判を押す。

生徒会側が目を通すことで、校内で掲示《けいじ》している行事スケジュールに祭りのことが記載《きさい》されるので人目にも付くし、祭り同士があまり被《かぶ》らないように調整もできる。ただ規則で縛《しば》るだけではなく、祭りの手助けにもなっている。

本来は下の階にある事務の仕事なのだが、あまりにも多いのでレウが手伝っているのだ。

そしてサミラヤも手伝っていて、いまの台詞《せりふ》だ。

「……まさか、書類見るのが嫌《いや》になったとかじゃないわよね」

「や、や～ね～そういうのなわけないじゃない。これでも事務員歴もあるんだからね」

「知ってるけど」

彼女がまじめな事務員であったとはとうてい思えないレウであった。

「でもやっぱり、生徒会主導でなにかがしたいわけよ。こう、商業万歳《ばんざい》っ！　みたいな感じじゃなくてね。密着型というか、生徒会いいとこですよみたいな」

「サミ……」

彼女の訴《うった》えもわからないでもない。

「でもだめ」

「なんで!?」

†

忙《いそが》しいから。

「で、ばっさり切られちゃったわけよ」

「……はぁ」

どうしてこんなことになったのかと、レイフォンは考える。

錬金鋼《ダイト》のメンテナンスでハーレイたちの研究室に行き、そこで生徒会へ書類を届けて欲しいと頼《たの》まれたのだ。メンテナンスに時間がかかるというので、それぐらいはかまわないとレイフォンは生徒会の事務へ行き……

「ちょっと聞いてる？」

「聞いてますよ」

なぜか、サミラヤに捕《つか》まって生徒会棟《とう》のちょっと人気の少なそうな場所にある自販機《じはんき》コーナーに連れ込まれてしまった。

「まぁね、レウの言いたいこともわかるのよ……」

ここが生徒会で働く人たち用の休憩《きゅうけい》スペースだということは、以前にバイトをしたことがあるので知っている。いまは他《ほか》に人の姿もなく、ベンチに座ったサミラヤとレイフォンだけがそこにいる。

「本気で忙しいからね。でもさ、忙しいのはいつもなのよ。お祭りなんてどこもかしこもしたいからさ。その気になったら一年中どこかでお祭りやってるなんてことはありえるわけで。しかも他の学校行事も仕切らないといけないしさ。忙しいってのを理由にしだしたらなにもできなくなっちゃうわけ。わかる？」

「はぁ……」

「去年まではなんだかんだでカリアン会長が抑《おさ》えてたところもあるのよ。電力はセルニウムを消費するからね。資源消費の緊縮《きんしゅく》運用だったかな？　そういう感じで」

「そうなんですか？」

それにしては、なんだかいろいろイベントがあったような気もする。あれで抑えていたというのなら、今年はどんなことになるのだろうか。

「ああそか、君は見たことないか」

反応を見て、サミラヤはレイフォンの学年を思い出したようだ。

「すーごいのよ。毎日どこかでお祭りがあって、楽しくて、むしろうるさいって苦情が出ちゃって、区域毎《ごと》にお祭り禁止週間ていうのを作らないといけなかったりしたぐらい」

「それはやりすぎなんじゃ……ていうか、お祭り禁止週間！　それ見たことあります」

寮《りょう》のカレンダーに書いてあるのを見たことがある。同学年の寮仲間と「わけがわからない」と言い合った記憶《きおく》がある。

「できるまで大変だったのよ。お祭りがあまりに頻繁《ひんぱん》すぎて、うるさすぎて、反旗を翻《ひるがえ》した人たちがお祭り撲滅《ぼくめつ》委員会っていう秘密組織を作って過激なことしたり」

「なんですかそれ？」

「あ、信じてないでしょ。ほんとにあったのよ」

「えー」

「ほんとほんと。けっこう激しい抵抗《ていこう》運動してたんだから。都市警察が出動するぐらいの乱闘騒《らんとうさわ》ぎとか。その頃《ころ》はまだ生徒会に関《かか》わってなかったヴァンゼ武芸長が秘密組織側の武芸者と戦ったりとか」

「はぁ……」

「懐《なつ》かしいなぁ、みんなの心のお囃子《はやし》を守る、お祭り仮面」

しみじみと語るサミラヤに、レイフォンは寒気を覚えた。

「……それ、ヴァンゼ先輩《せんぱい》のことですか？」

「もちろん」

「嘘《うそ》ですよね？」

「なんで？」

「…………」

「？　？」

首を傾《かし》げるサミラヤから目をそらし、半被《はっぴ》姿にお祭りで売られているお面を被ったヴァンゼを想像し、レイフォンはただただ首を振《ふ》るしかなかった。

「で、最終的にお祭り撲滅委員会との戦いを終わらせたのが、まだ生徒会長になる前のカリアン会長だったりするわけだけど。気になるなら、図書館にある生徒会活動記録を読めばいいわよ。探せば書籍《しょせき》化したのもあるかもしれない」

「ええと……お祭りがしたいんですか？」

聞こえたような気がする逸話《いつわ》的なものは忘れることにして、レイフォンはおそるおそる尋《たず》ねた。

「そっ、生徒会主催の」

「でも、今年はお祭り、たくさんあるんですよね？」

セルニウム鉱山が少なくてお祭りを自粛《じしゅく》していたというのなら、今年は鉱山が増えたのだからレイフォンが入学する以前の状態になるということだ。

「そうよ」

「それなら、あえて……」

「ああもう、そういうのは聞きたくないってさっき言ったじゃない！」

「す、すいません」

しかし、レウの言い分が正しいとレイフォンも思ってしまう。

「趣旨《しゅし》が違《ちが》っても、そんなにたくさんあると他に埋《う》もれてしまうんじゃ……」

「むむむ。それも一理あるわね」

唸《うな》って考え込むサミラヤに、これで諦《あきら》めてくれたかなとレイフォンはほっとした。

が、考えが甘かった。

「つまり、趣旨だけじゃなくて見た目も違うお祭りにしちゃえばいいのよね」

「は？」

「一目見て、『あっ、これ違う！』って思ってもらえばいいのよ！　そういうことでしょ」

「え？　ま、まぁ……そういうこと…………でしょうか？」

なにか違うような気がしたが、閃《ひらめ》いた様子で目を輝《かがや》かせるサミラヤの勢いには逆らえなかった。

レイフォンにできることといえば……

「それで、なにかいい案が浮《う》かんだんですか？」

サミラヤに言いたいだけ言わせて会話を終わらせることだけだ。

(変なこと言われても、そのまま聞き流してしまえばいいんだ)

それに、頭の中にあるだけではなく口に出してしまうと意外に「あ、これだめだ」と納《なっ》得《とく》してしまうことはある。そういうことをサミラヤに期待しよう。

心の中で頷《うなず》きつつ、彼女の次の言葉を笑顔《えがお》で待つ。

「とりあえず、そこら中に落とし穴を作るのはどうかな？」

「それは止《や》めた方がいいと思います」

　無理でした。

　考えるより先に言葉が出ました。

「待って！　まだ続きがあるの」

「……どんなのですか？」

　必死なサミラヤに向ける目も、自然とぬるいものになってしまう。

「地下施設《しせつ》にお祭り会場があるの！　それで、どうやってそこに行くかは秘密で、それで、入り口は落とし穴で、みんな気付かずにドーンッ！　って」

「止めましょう！」

「なんでよ!?」

　そこで疑問符《ぎもんふ》を混ぜて叫《さけ》ぶ彼女の心理が理解できない。

「危ないじゃないですか」

「ちゃんと怪我《けが》しないようにするわよ」

「お祭り行く気のない人まで落ちちゃうじゃないですか」

「そういう人たちにも注目してもらうのが目的なの！」

「絶対、苦情来ますって」

「えー。見たら絶対面白《おもしろ》いっていうのを用意すればいいじゃない」

「それってとてつもなく難しいと思いますよ」

「そこはなんとかするわよ」

どうやって人を集めるかも大事だが、まず先に内容を考えるべきではないだろうか。それともそうではないのだろうか。さすがにレイフォンもお祭りの企画《きかく》を考えるのは素人《しろうと》なので、なにがいいかはわからない。

だけど。

「いや、やっぱり落とし穴はまずいと思いますよ」

「いいわ。じゃあ、落とし穴は保留」

「保留ですか」

「保留よ」

自信を持って保留と言い切るサミラヤに再び寒気を覚える。

「それで……？」

「さっきあなたが言ったでしょ？　お祭りの中身。確かにそれは大事よね」

「ええ、まぁ」

「というわけでそれを考えましょう。なにかいいのない？」

「いきなり言われても……」

お祭りというと、やはりすぐ頭に浮かんでくるのは屋台になってしまうのだが……

「それじゃあ、普通《ふつう》すぎるわよ」

「ですよね」

「あってももちろんいいんだけど、それだけじゃだめっていうか、これだけ祭りがあったら屋台だから許せるみたいな味も許せなくなりそうじゃない？」

「まぁ……そうですねぇ」

「……ていうか、屋台料理選手権ていうのを企画してるところがあるからそっち方面で充《じゅう》実《じつ》する意味いまないし」

「……内部情報知ってるってずるいですよね」

「まぁ、そこら辺の優位性はいろいろとずるく見えない程度に利用するつもりよ」

みごとな開き直りを見せられてしまった。

「屋台はあってもいいのよ。でも、屋台をメインにしちゃだめ。ないと寂《さび》しいけどそれだけでも寂しい。それが屋台よ。うん」

「それはまぁ、それでいいですけど」

　では、どんなことをするのか。

「なんとかコンテスト、みたいなことですか？」

「ん――っ、美人コンテストとかね、いいと思うんだけどそれもやっぱりいろんなところがやってるのよね」

「だったら、なにをしたいんですか？」

「そこなのよ！」

　ビシリと指を突《つ》きつけてくる。

「あらかたやれることは出尽《でつ》くしただろうから、あえて新しいものを探し出す。そしてそれを生徒会が主催《しゅさい》する。どう？」

「どう？　と言われても」

　生徒会の人間ではないレイフォンにはなんとも言えない。

「あ、ところで君、ゼリーは好き？」

「え？　いや、とくに好きとか嫌《きら》いとかないですけど」

「そう？　まぁあんまりべとべとするのはあれよね」

「はぁ……？　でも、ゼリーってちょっとはべとべとしてませんか？」

「まぁね。でも、あれが一番だと思うのよね」

「？　そうですか？」

「そうよ。それで、なにか良いの浮かんだ？」

「いや、そんなすぐには」

「もう、だめねぇ」

「はぁ……」

もうなんだか、理不尽《りふじん》すぎて怒《おこ》る気力も湧《わ》かない。レイフォンはとにかくなにか考えなければここから抜《ぬ》け出すことはできないと思い、考えた。

「あっ、そうだ。屋台がダメなら養殖《ようしょく》科と料理のうまい人に協力してもらって、都市料理試食会とか」

「なるほど、一年生たちに、いろんな都市の料理を食べさせるのね」

ふむふむと頷くサミラヤの様子は好反応で、これでいけるかもしれない。

つまり、解放されるかもしれないということで、レイフォンは期待した。

「つまり………家畜《かちく》の丸焼き実演ということ？」

「どうしてそうなるんですか⁉」

「だって、料理も大事だけど、それなら学園都市独自の家畜も紹介《しょうかい》したいじゃない。それを丸焼き、力強くて素敵《すてき》」

「うーん……」

確かに、丸焼きの方が見た目の迫力《はくりょく》もあるし、そうした方が美味《おい》しいだろう家畜もあるかもしれない。野外で食べる焼肉とかはなぜか美味しかったりもするし。しかしそれは祭りで食べる屋台の料理が美味しいのと同じ心理効果ではないだろうか。

しかし、派手さは屋台の比ではないかもしれない。

「……意外にいいかもしれないですね」

目新しさという意味ではそれほどでもない気がするが、それは言わない。

「でしょう！　うんうん、君もわかってきたね」

嬉《うれ》しそうなサミラヤにレイフォンはほっとする。

これでまた一つ、解放に近づいた。

「……もう一個、なにか欲《ほ》しいわよね」

そう呟《つぶや》き、レイフォンはドキリとした。

だが、サミラヤはレイフォンを見ることなく考えに浸《ひた》っている。

「そうなると、ここでこうして、こうなって……」

サミラヤの中で考えがまとまってきたのか、なにかをぶつぶつと呟いている。

そこに……

「あ、ここにいた！」

「レウ先輩《せんぱい》」

去年までニーナと同じ寮《りょう》にいたという関係で、レイフォンも彼女のことを知っている。

「って、なんでレイフォン君がここにいるわけ？」

「えっと、なんて言えばいいのか」

「まっ、見ればなんとなく状況《じょうきょう》はわかるけど」

「ははは……」

「それで、そこの生徒会長はそんなとこでなにを遊んでいるわけ？」

「レウっ！　いいこと思いついたのよ！」

「なに？」

「お祭り！」

「まだ考えてたの？」

「そう、聞いて聞いて！」

レウが眉間《みけん》に皺《しわ》を作ってうんざり顔だというのに、サミラヤはまるで気にしていない。

「どうなったの？」

レウは諦《あきら》めた様子で続きを促《うなが》す。

「うんっ！」

サミラヤは大きく頷き……

「落とし穴からゼリーのプールに落ちる地下コロシアムで家畜と戦って丸焼きにするの」

「…………」

「…………」

脳の言語的なものを理解する部分が壊《こわ》れたのかと思った。

「……すいません。もう一回お願いします」

「ええ！　もう聞いてなかったの？　興醒《きょうざ》めするなぁ。いい？　落とし穴からゼリーのプールに落ちる地下コロシアムで家畜と戦って丸焼きにするの」

まったく変わりませんでした。

どうしよう。会長のこの自信満々の笑顔《えがお》、本気としか思えない。

「わたしと、レイフォンの合作企画なのよ！」

「っ！」

違《ちが》うと叫びたかったのに、なぜか怖気《おぞけ》がして声も出なかった。

サミラヤはさっきまでレイフォンと話し合っていて出てきた案を全《すべ》てまとめ上げたのだ。取捨選択《しゅしゃせんたく》も調整もなにもなく、べたべたと上に積み上げていったのだ。

（その結果が、これ……）

まさかゼリーが好きかという質問が、落とし穴の安全対策にかかっているだなんて想像できるはずもない。

……たぶん、安全対策のつもりだ。

地下コロシアムで家畜と戦うという案がどこから生まれたのかはよくわからない。落とし穴から地下という単語が出てきて、そこからさらに変化してコロシアムになって、さらに家畜の丸焼きが奇々怪々《ききかいかい》に融合《ゆうごう》した結果、こういうことになってしまったのだろうか。

「どう？　レウ、いけると思わない？」

「うん」

「えっ⁉」

レウがすんなりと頷《うなず》いたことに驚《おどろ》いていると、彼女は笑顔のままさらに言い放つ。

「即却下《きゃっか》」

「どうしてよ⁉」

サミラヤの悲鳴は解放を告げる鐘《かね》の音だ。レイフォンは喝采《かっさい》とともにそれを受け入れた。

レウの怒《いか》りの笑顔の前にはサミラヤの案など塵芥《ちりあくた》のごときものだった。

「もう～～～～～～～～～～なんでようっ！」

鬱憤《うっぷん》を枕《まくら》に託《たく》して壁《かべ》に投げつける。

†

サミラヤの部屋だ。

あの後、レウにこってり絞《しぼ》られ、溜《た》まった書類を片付けさせられた。いや、書類自体は生徒会長としての仕事なので不満はないのだが、不機嫌《ふきげん》なレウが醸《かも》し出す空気は怖《こわ》いの一言に尽き、そこで過ごす時間はいつも以上に心を疲労《ひろう》させた。

だから、定時に帰れたというのに、徹夜《てつや》をしたかのような疲労でベッドから動けなくなっている。

「もうレウのバカバカバカバカバカバカバカバカバカワカランチン。もう寝《ね》る。こういう日はもう寝る。寝てやる。ふて寝ってやる！」

喚《わめ》きながら壁に投げつけた枕を拾い、抱《だ》きしめるとベッドに転がった。

「ゼリーのプールって絶対いいと思うのに」

そう呟きながら、夢の世界に落ちていく……

落ちていく……

落ちて……

…………

「ふえっ?」

ヒュ――ン。

気がつくと本当に落ちていた。

「え?　ええ!?」

自分の耳がアニメーションのような落下音を聞いている。視界は真っ暗だけれど肌《はだ》に風を受ける感覚や、内臓が浮《う》き上がるような感《かん》じが落下しているのだと証明している。

「ええええええええええっ!?」

とんでもなく長く落下が続く。こんなに高いところからの落下では下がたとえ水でも死ぬ……そんな冷静な思考さえも働きながら落ち続けた末……

ドボン。

重々しくも、どこか拍子抜《ひょうしぬ》けするような音がサミラヤを受け止めた。

「ぶへっ!　うえへっ!」

水ではない。ぬるぬるしていてぶつぶつしていてぽこもこしたなにかがサミラヤを受け止め、押しつつもうとしている。

「なに？　なにご、ぶへっ、あまっ！　なに甘いよ！」

液体のような固体のような、そして甘い不可思議なものに包まれながら、サミラヤは必死に手足を動かして逃《に》げ場を求める。

「ふあっ、あ、あったぶぁ！」

手にかかるなにかを見つけた喜びに甘いなにかが口に入るのもかまわず叫《さけ》び、それを摑《つか》んで脱出《だっしゅつ》する。

「ぶへっ、ぶへっ！　な、なんなのよもう……」

べたべたした感触がしつこく体中にまとわりついている。サミラヤはうんざりしながら辺りを見回した。

すると……

カッカッカッ！

「うひゃっ！」

音とともにいきなり強い光が辺りを照らし、サミラヤは眩《まぶ》しさに目が眩《くら》んだ。

そして、声が響《ひび》き渡《わた》る。

「さあ、今宵《こよい》も哀《あわ》れな挑戦者《ちょうせんしゃ》が現われた」

「ふえっ？」

驚いた。その声に聞き覚えがあるからだ。

「レウ？」

光に目が慣れると、ここが広い空間だということがわかった。

「レウ？　どこ？」

天井《てんじょう》から落ちる数条の光線が周囲を明と暗に切り分ける。

光で見える部分から、サミラヤは、自分が窪地《くぼち》の真ん中のような場所にいることがわかった。地面は硬《かた》く、真っ平らだ。

「あれ、これって……？」

べとべとした頬《ほお》を拭《ぬぐ》い、思う。

だが、考える暇《ひま》を与《あた》えてはくれない。

「今宵の被害者《ひがいしゃ》はどれほどの激戦を見せてくれるのか、感動を与えてくれるのか」

レウの淡々《たんたん》とした声が暗闇《くらやみ》の中を響き渡る。サミラヤのいるところが盆地《ぼんち》の一番低いところだとすれば、レウがいるのは端《はじ》っこの一番高いところだ。

逆光でレウの姿は黒く染まっている。

光線の一本がサミラヤを包んだ。

「うひゃっ」

「さあ、武器を取りなさい。祭りの刻《とき》は来た」

レウの言葉。

気がつくと、すぐ近くに大男がいた。

「え？　ゴル？」

ゴルネオ武芸長がいつのまにか側《そば》にいた。

「さあ、取れ」

いつもの苦いものでもかんだような顔ではなく、表情のない顔で、棒にしては妙《みょう》に太くてゴツゴツしているものを突《つ》きだしてくる。

「え？　え？」

握《にぎ》らされてわかった。棍棒《こんぼう》だ。大きさの割に小柄《こがら》なサミラヤが持ってもぜんぜん重くない。

「え？　これって、つまり……？」

そう、さすがにわからないままでいるのは無理だ。

サミラヤがレイフォンと話し合って完成させたお祭りの企画《きかく》、そのままだ。

「レウっ！　やっぱり気に入ってたんじゃない！」

そう叫んでみても、光線を浴びて見下ろす彼女が反論などをする様子はない。

「さあ、戦いを始めなさい」

淡々と物事を先に進めていく。

つまり、サミラヤを祭りの渦中《かちゅう》へと引きずり込んでいく。

「えーと、これを持たされたってことは……？　え？」

企画の内容を思い出して、サミラヤは青い顔をした。

盆地のようなこの形は、コロシアムだ。

そして、暗闇に隠《かく》されている部分からギギギと音がする。光線が移動してその部分を照らし、なにが起こっているのかを見せる。

そこにあるのは、野外グラウンドにあるそれよりももっと豪華《ごうか》な入場門だ。

音を立ててそれが開き、そして現われる。

「あ、あれは……」

入場門の影《かげ》を押し破るようにして現われたのは、サミラヤの想像通りの生き物だった。

少しひしゃげた球のような胴体《どうたい》に短い四つの足。大きな鼻につぶらな瞳《ひとみ》。鼻に隠れるようにしてある口からちょこんと飛び出した牙《きば》。

ただし大きさはサミラヤを軽く凌駕《りょうが》している。

「まさか本当にいるなんて」

企画を考えている段階で、『こんなのがいたらかわいくていいな』という程度に思っていた獣《けもの》がまさか本当にいるだなんて。

つぶらな瞳の獣はこんな場所に連れてこられたことに落ち着かない様子で、しかし連れてきたコロシアムの係員に追い立てられながらサミラヤの前にやってきた。

「ぽぽちゃん」

なんとなくその場の気分で名前を付けて呼びかける。

ぽぽちゃんと呼ばれた獣はつぶらな瞳でサミラヤを見る。

敵意などまるでない、健気《けなげ》な様子で胸が締《し》め付けられるような気分になる。

しかし、このぽぽちゃんとなんて戦わなければならないのだ。

「そんな、ぽぽちゃんとなんて戦えない」

気分が盛り上がって泣きそうになってしまう。

(サミちゃん)

盛り上がりすぎてぽぽちゃんの声まで聞こえてきた。

「ぽぽちゃん」

（ありがとう。サミちゃん。戦いはなにも生まないわ）

「そうよねぽぽちゃん！　こんなこと考えたわたしがバカだったのよ」

（サミちゃん）

「ぽぽちゃん！」

ぽぽちゃんを抱きしめる。その体毛はごわごわとしていてさらにちくちくとしていて温かくもなかった。

「……なんか違《ちが》う」

頰に突き刺《さ》さる毛の硬さに、盛り上がった気分が少し萎《な》える。

（サミちゃん……？　はっ!?）

「ぽぽちゃん？」

ぽぽちゃんの様子が変化し、サミラヤは首を傾《かし》げる。するといきなり、脇《わき》でぽぽちゃんの鼻が猛然《もうぜん》と動き出した。

鼻の先には、ゴルネオに渡された棍棒がある。

（これは、このにおいは……）

「え？　え？」

（間違いない。ぽぽとろろのもの。そんな、サミちゃん、あなたはその棍棒でぽぽとろろに……わたしの兄弟になにをしたの？）

「え？　ちがう、なにもしてないよ！」

なんのことかわからない。だが、なにかまずいことになろうとしている気がする。サミラヤは慌《あわ》てて首を振《ふ》る。

この棍棒はいま持たされたもので、それ以前に誰《だれ》が持ってなにに使われていたかなんて、サミラヤは知らない。

いや、でも……そうだ。

祭りが行われていたのならば。

サミラヤが最初の一人ではないのならば。

落とし穴に落ちた犠牲者《ぎせいしゃ》が他《ほか》にいて、そしてこの祭りを完遂《かんすい》することに成功しているのならば。

そこにはぽぽちゃんの仲間たちが捧《ささ》げられることになるのは当然の帰結だ。

そしてそれを、ぽぽちゃんは一部なりともわかっているのだ。

（嘘《うそ》よ。そうね、そういうことだったのね。わたしを騙《だま》して、安心させて、その棍棒で殺そうとしたのね。ぽぽとろろにも同じことをしたのね！）

「してないってば！」

（もうあなたを信じない！　信じられない！）

「きゃぁっ！」

ぽぽちゃんの鼻が持ち上げられ、サミラヤの体は勢いに乗って投げ飛ばされる。

「ぽぽちゃんっ！」

（兄弟の仇《かたき》！）

短い足が地面を叩《たた》く。でかい鼻を固定するためにあるかのような牙がぎらりと光る。

さきほどまでの『ぽぽちゃん』はもはやいない。そこにいるのは祭りの犠牲となったぽぽとろという兄弟の仇を取るために命を燃やす、復讐《ふくしゅう》の猛獣《もうじゅう》、ぽぽだった。

「そんな、こんな、こんなことになるなんて……」

握りしめたこの棍棒。そこに宿った歴史がサミラヤとぽぽちゃんとの仲を引き裂《さ》くことになるなんて、考えもしなかった。

「でも、こんなことを考えたのはわたし。だからだから……」

棍棒を見る。この棍棒はサミラヤが考えたからここにある。ぽぽちゃんをここに引き出し、そしてその兄弟を残酷《ざんこく》な運命に導いたのもサミラヤの考えがあったからだ。

サミラヤがこんな祭りを考えたからだ。

「だから、だから……」

棍棒を握りしめる。

（死ねぇ！）

「ここで倒《たお》れるわけにはいかない」

この祭りを止めることができるのも、サミラヤだけだ。

なぜならば。

「わたしは、生徒会長だから！」

零《こぼ》れる涙《なみだ》を振り切って、立ち向かう。

十数分後。

渡《わた》されたときはあんなに軽かった棍棒が、いまはとても重い。

この重さは、棍棒の重さではない。棍棒を握るサミラヤの心の重さだ。

「戦いはいつも虚《むな》しい」

ぽつりと呟《つぶや》く。

ゼリーのべとべとが乾燥《かんそう》してひどいことになっている。服と肌《はだ》がひっついたり剝《は》がれたりしている。

その全《すべ》てが、サミラヤが考えたことだ。

その結果だ。

いや……

「わたしだけじゃないじゃない」

そうだ。もう一人いるではないか、サミラヤにこの企画を考えるきっかけを与《あた》えた男が。

カッ！

いつの間にか闇《やみ》に消えていたレウに再び光線が集束した。

「よくぞ、贄《にえ》を捧げることに成功したな、勇者よ」

「レウっ、もうこんなことはやめよう！」

「いいやもう止まらぬ。祭りは始まったのだ。ならば終わるまで続けられねばならぬ」

「そんな……」

芝居《しばい》がかった声と動作でそう言いきられ、サミラヤは絶句するしかない。

「でも、こんな辛《つら》いことはもう止《や》めるべきよ」

「止めることなどできぬ。そんなこと許されない！」

「どうしてよ！」

「そこに贄があるからだ！」

　レウの声とともに、サミラヤと棍棒《こんぼう》の犠牲となったぽぽちゃんが光線で照らされた。

「まさかあなたたち、ぽぽちゃんを⁉　だめよそんなこと、許さないわ」

　たとえ、見た目は想像通りだったのに触《さわ》り心地《ごこち》が残念だったとしても、サミラヤとぽぽちゃんは一時とはいえ心を通わせたのだ。

　その結末が残酷なものだったとしても。

「ぽぽちゃんを食べるだなんて！」

「いいえ、食べなければならないの」

「そんなこと……」

「自律型移動都市《レギオス》の摂理《せつり》が、なによりカリアン先代会長が食べることを求めているのよ」

「なんですって⁉」


　カカッ！


　新たな光線が、レウの背後、より高い場所に集《つど》う。

「か、会長！」

　そこに、本当にカリアンがいた。

「ははは、サミラヤくん、久しぶりだね」

「会長、どうしてここに!?」

「私はいつだって君たちの心の中にいるのだよ。まるで嫌《いや》がらせのようにね」

「なんだかうれしくない!!」

「さあ、サミラヤくん。都市にむだな資源というものはないのだよ。家畜《かちく》とは人の腹に収められるために飼われているのであり、彼らを成長させるために投資した物資は栄養という形で我々に回収されなければならない。むだというものは存在しない。そこにいるぽぽちゃんとて、それは同じだ」

カリアンの言葉は正論だ。サミラヤは言葉を失う。

だが……

「カリアン会長のお言葉は正しいと思います。でも……」

一事務員だったときから、ツェルニの窮状《きゅうじょう》を救うために会長となったカリアンの背中を見てきた。

「でも、物質だけが全てではないと思います」

カリアンがやってきたことは正しい。そのおかげで、学園都市ツェルニは保有セルニウム鉱山ゼロという危機を逃《のが》れた。

「会長が残してくれた財産をただむだに消費するわけではありません。わたしたちはここで、物やお金と同じぐらい大事にしなくてはいけないものもあるのだということを、みんなにもう一度、ちゃんとそれをわかって欲しいだけです。ここでしか会えない友達と過ごす六年間が、どれだけ大切かということを」

そうだ。

カリアンには感謝してもしきれない。彼がいたからこそサミラヤは充実《じゅうじつ》した学生生活を送って来れたし、そしていま、生徒会長なんてものになっている。

しかしだからこそ、彼には、本当の彼には見せられないのだとしても、彼が作ったものとは違う学園都市の姿を見せたい。

その熱い気持ちを、カリアンに伝えたい。

「だからわたしは、あなたの後を継《つ》いだのですから」

「……むぅ」

サミラヤの視線を受けて、カリアンが唸《うな》り……

パチ……パチ……

ゆっくりと拍手《はくしゅ》をした。

「すばらしい」

「……会長」

「それが君の解であり、目指すものなのだとしたら私はそれを肯定《こうてい》しよう」

「あ、ありがとうございます」

カリアンに認められた。

「だが、しかし、もう遅《おそ》いのではないかな？」

「え？」

「だって、ほら」

カリアンに促《うなが》され、サミラヤは背後を見た。


「えっほ、えっほ」

そんなかけ声が聞こえてくる。

「ふへぇ？」

そして真っ赤な……真っ赤な炎《ほのお》が。

四つ足に縄《なわ》を打たれ、鉄の棒で逆さ吊《づ》りにされたぽぽちゃんが。

真っ赤な炎がぽぽちゃんを。

「えっほ、えっほ」

レイフォンとそしてニーナ、ゴルネオにレウまでもが火を囲んで不可思議な踊《おど》りを踊っている。

「って！　ちょっとっ！」

「だからぽぽちゃんを焼かないでよ！」

と叫《さけ》んだところで夢から覚めたのだった。

「……あ、やっぱり夢？」

†

そして、翌日。

通学時間も授業の時間もすぎて放課後。

一足早く会長の執務室《しつむ》へと入ったレウは、机に昨日の仕事の残滓《ざんし》を見つけた。祭りの企《き》画書《かくしょ》だ。ミスプリントされたものであって、正式なものはきちんと全て、事務に回してある。

「祭り、ねぇ」

呟く。

たしかに、商業系の連中にばかり任せていると、文化振興《しんこう》的な意味での祭りまでもが商業色に塗《ぬ》り固められてしまう。

「……なにか考えないといけないのかな？」

さらにそう呟いて、机を整理していたらサミラヤが来た。

「ねぇねぇ、レウっ！」

生徒会長は今日も元気だ。

レウはさっそく、祭りの件のことを言おうとした。

「昨日の祭りのことなんだけどさ」

「そうっ！　わたしもそれが言いたかったんだけどね」

「ああ、うん。なに？」

「昨日のあれ、一晩経《た》って改めて考えてみたんだけど……」

昨日のあれはひどかった。さすがにサミラヤは冷静になって考えればあれがナシだということぐらいはわかったのだろう。

そう思った。

「やっぱりイケテると思わない？」

まじめな顔をしてそんなことを言いやがった。

「うるさい黙《だま》れ」

たとえやるとしてもサミラヤには関《かか》わらせまい。絶対に。

そう心に決めたレウであった。

ウィズ・スポーツ

優先順位っていうのはいろんな要因で決められているのだと思う。

だから、そのいろんな要因で後回しにされていく要件というものもあるわけで……。

「あのさ……」

「言わないで」

レウのツッコミの気配を察し、サミラヤは素早《すばや》く声を挟《はさ》み込んだ。

「これは仕方のないこと、そう、しかたのないことなのよ」

「どこが？」

だけど、レウの冷たい視線とツッコミを防ぎきることはできない。

「うう」

「そりゃね、ここ最近はちょっと雑務が立て込んでたけどね」

「で、でしょでしょ♪？」

「担当の人がおおまかな申請《しんせい》でもできるようにスケジュールを組んでくれていたからよかったけど」

「ねぇ、すごいよねー」

「うん、ほんとにすごい」

レウが素直な表情で頷《うなず》いている。サミラヤは怒《いか》りが逸《そ》れたと思ってほっとした。

だが、もちろんそんなことはなかったわけで。

「でも」

メガネの奥でレウの目がぎらりと光り、サミラヤの頭を押さえつけにかかってきた。

「だからって、そんな担当の人にまで『そろそろ記録会に参加してくれない？』って言われてしまうぐらいに放置しとくってどういうことなわけ？」

「ああうう」

当たり前のように失敗する誤魔化《ごまか》しに、周りにいた他《ほか》の学生たちが微妙《びみょう》な視線を送ってくる。

（うう、そんな目で見ないで～）

レウに押さえつけられながら、サミラヤは頭を抱《かか》えた。

サミラヤが生徒会長になって初めての新学期、新入生が入って数週間、大きなイベントのない空白のような期間で、全校生徒を対象にした運動記録会が行われていた。

もちろん、学園都市で全校生徒ということは全員ということになるので、一日やそこらで終わるような簡単なイベントではない。

そこで、今回の記録会の担当が取った手段が、自分の所属するクラスでもサークルでもクラブでもあるいは個人でもなんでもいい。とにかく、開催《かいさい》期間で指定された時間内に自由に参加するというものだった。

完全な個人参加にしてしまうとサボる人間が多くなる。だけど、どの集団にも属さない完全な個人という者はそう多くない。なにより、学園都市の学生はすくなくとも学科、学年、そしてクラスという集団には属さねばならない宿命にある。

そんな記録会の最終日が、今日。

「これは、落とし穴よね」

「うう」

責めるレウの声に唸るしかできない。

「どうせ、どっかで行ってるでしょって思ってたんだけど」

「いや、行こうとは思ってたのよ、行こうとは」

「あやうく、未参加者リストに名前張り出されるところだったのよ？　わかってる？」

「あううう」

「生徒会長がそれじゃあ、示しが付かないでしょう」

「うう、ごめんなさい」

担当の人物が四角四面に事務処理をする人だったら、張り出されていたに違《ちが》いない。

「でも、教えてくれたわけだし、あれ、これってわたしに意外な人望が」

「自分で『意外』とか言ってる時点で終わってるわよね」

「ぎゃふん」

抵抗《ていこう》はことごとく握《にぎ》り潰《つぶ》されていく。体操服に着替《きが》えていたサミラヤはロッカー前のベンチに倒《たお》れ込んだ。

「寝《ね》てないで、ほら、行くわよ」

「レウは？」

ロッカーにいるのにレウは着替えていない。

「とっくに終わらせてるわよ。ほら……」

「いーきーたーくなーいー」

紛《まご》う事なき本音なのだが、そんなものはレウの前で虚《むな》しい叫びでしかなかった。

「みんなにやらせるって決めたのはあなたでしょうが」

「はぐぅ！」

逆らいようのない正論だった。

記録会のそもそもの目的は学生の運動能力の平均値を出すことであり、その中で誰《だれ》がなにに優《すぐ》れているだとか、そういうことは重要ではない。

記録会の目的としては、そうだ。

だが、個人となると話が違う。

「あがぎぎぎ」

立位体前屈《りっいたいぜんくつ》に挑戦《ちょうせん》しながら、サミラヤは奇怪《きかい》な声を上げていた。

「……なるほど」

係の子が告げる結果に、レウは怒りのさめた冷たい声でそう言った。

「わかってたような気はするけど、そこまでひどかったんだ」

膝頭《ひざがしら》を少し越《こ》えたくらいで止まりました。

「うるさいな！」

「うん、ごめん、悪かった」

「本気の同情がむしろ痛いから！　刺《さ》さるから！」

サミラヤは涙目《なみだめ》で叫んだ。

そう、サミラヤは運動が苦手だった。苦手なんてものではない。

「わたしの体は運動するためにはできていないのよ」

「そんな生物がはたしているのかしら？」

「いるわ、ここに！」

「そんなことに胸を張られてもね」

「そもそも、こんなものを記録してなんの役に立つっていうの？」

「体育の授業の基準にするためでしょ」

「平均なんてもの、個人にはなんの意味もないのよ。平均値がこうだからあなたも～とか言われたってできないものはできないんだから」

「そんなこと言われてもね～」

「運動なんてものは武芸者に任せてしまえばいいのよ」

日頃《ひごろ》からの鬱憤《うっぷん》を込《こ》めていろいろとぶちまける。運動が苦手なせいで色々と『トロい』とか『ドジ』とか思われてしまっている。そんなことはない。運動が苦手だからといって、それが他のことにまで影響《えいきょう》しない。

サミラヤはそれを声高に訴《うった》えたかった。

「あのさ」

だけど、それを聞くレウの声は冷たい。

「なに？」

「そもそも、記録会やるって決めたの誰だっけ？」

「あう」

「手間なわりにそれほど体育の授業で役立つわけでもないから無理にやる必要ないのでは？　って意見もあったのにごり押ししたの誰だっけ？」

「あ、あれは反対したのがロデリックで……知ってるでしょ、あの人なにかったら反対するんだから」

「反対意見出すのが自分の役目だと思ってるんでしょ。でも、ごり押ししたのはサミ」

「はぐっ！」

「それなのに、ぐちぐち言ってんのはどうなの？　人として」

「人レベルでダメ出しされた!?」

レウの容赦《ようしゃ》ないツッコミの積み上げに、サミラヤはもうふらふらだ。

「とにかく、もう逃《に》げられないんだからがんばんなさい」

「どこか行くの？」

「今日で終わりだから、撤収《てっしゅう》のときになにか手伝いがあるか聞くの。他にもなにか問題があったら、次のときのためにそれをまとめとけば対応策も出しやすいでしょ」

「レウってすごいねぇ」

「普通《ふつう》でしょ」

「レウ、いまから会長やる？」

「まっぴらごめん」

すげなく言い切られ、レウは行ってしまった。

「うう」

一人残され、サミラヤはグラウンドを見渡《みわた》す。やらなければならないこと。つまり、醜態《しゅうたい》をさらさなければならないものがまだまだたくさんあった。

生徒会長としてやっておかなければならないと思ったから記録会はやったものの……

「泣きたい」

個人としてはやっぱりやりたくない。そう思うサミラヤであった。


この世にあるあらゆる悲鳴を上げたような気がする。

「ふひぃ……」

午前中に終わることができず、サミラヤは芝生《しばふ》で一息吐《つ》いていた。

手にはレウが買ってきてくれた昼食とスポーツドリンクがある。

だけど、食欲《しょくよく》はない。サミラヤはため息を何度も吐きながらスポーツドリンクを舐《な》めるように飲むだけだった。

芝生にはサミラヤのように昼休憩《きゅうけい》をする学生の姿がちらほらとある。

サミラヤのように疲労困憊《ひろうこんぱい》になっている者はいない。

「記録会程度でこんなに疲《つか》れるなんて変とか言いたいわけ？」

実際に言われたわけでもないのにぶつぶつと呟《つぶや》く。

だが、いまいち虚しい。

「レウがツッコんでくれないから寂《さび》しい……」

そのレウはやはり担当者たちとなにかを話して忙《いそが》しくしている。

「なんか、一番真面目《まじめ》だなー」

いや、サミラヤも真面目にやっているつもりなのだけれど、全面的にテキパキこなすレウの方が生徒会のみんなから頼《たよ》られているような気がするのだ。

「まぁ、わたしも頼っているわけだし」

それで恨《うら》んでいたり妬《ねた》んだりとかしているわけでもない。

ただ、ちゃんとできるようになりたいなーと思うだけだ。

そんなことを考えていると、すぐ近くに誰かが座ったのに気付いた。

「ん？」

女の子だった。

きれいな子だった。

「一年生？」

「はい。生徒会長さん」

ふと呟いただけだったのに、その子は聞き逃《のが》すことなく答えてくれた。

「知ってるんだ？」

一年生だと生徒会長が誰か知らない人も多いのに。

「入学式のときに挨拶《あいさつ》をしてらしたではないですか」

「いや、うん、そうだけど」

サミラヤは自分の入学式のとき、居眠《いねむ》りをしていた。だから当時の生徒会長が誰だったかを覚えていない。

あははと、乾《かわ》いた笑いで誤魔化《ごまか》し、女の子を観察する。

「一人で来たの？」

「はい」

「ふうん、あなたならいろんな人に誘《さそ》われそうなのに」

「色々と調べていましたので、申し訳ないのですがお誘いは断らせていただきました」

「ふうん……？」

よくわからない。が、おそらくは入学してから色々と忙しかったということだろう。

だろう、けども。

「もしかして、運動が苦手とか？」

「いえ、苦手ではありません」

「なーんだ」

同類を見つけたかもとちょっと期待したのに、サミラヤはつまらないと息を吐《は》いた。

「でも、そうですね。難しく感じたので今日まで参加を遅《おく》らせました」

「ほえ？」

「参加するために、どうしてもやっておかなければならないことがあったのです」

「ふうん？」

この子はよくわからない話し方をするなーとサミラヤはのんきに思った。

「それって、苦手なことがあるから練習しとこうってこと？」

「いえ…………いえ、そうですね。それに近いです。練習ではなく、予習です、おそらく」

その違《ちが》いがよくわからないが、彼女がそう言っているのだからそういうことなのだろう。

「予習かぁ。やっぱ苦手ならそれぐらいはしないといけないかなぁ」

「対策を講じるのは必要なことかと」

「だよねぇ」

だけど、身体能力を調べる記録会で予習とはどういうものだろう？

「日頃の運動？」

やだなぁとすぐに考えるあたり、自分はその方面が本気でダメなんだなと思う。

「ねぇ、苦手なものを克服《こくふく》する方法ってなにかあるかな？」

「苦手なものですか？」

「うん」

なんとなく、聞いてみた。

「苦手なままってのもダメな気がするから、それなりにはなっときたいとは思うんだけど」

「つまり平均的ということですね」

「うん」

「生徒会長さんが平均である必要がはたしてあるのでしょうか？」

「え？」

「平均というのは、突出《とっしゅつ》した能力がないということでもあります。生徒会長の役職をこなす上で、突出した能力がないというのでは困るのではないでしょうか？」

「んーまぁ、そりゃそうだけど」

「平均値をゼロと仮定した上で、マイナス百の項目《こうもく》を持っているとします」

「んんん？」

「その項目の保持者を平均の位置に置きたければ、マイナス百をゼロにまで引き上げるか、あるいは別の項目で百の数値を手に入れるかすればいいのではないでしょうか」

「ん？　ん？」

やっぱりこの子はよくわからない言い方をする。サミラヤは少しの間、言葉の意味を考えた。

「えーと、他に得意なものがあればいいじゃないってこと？」

「そうですね。政治の専門家が軍事の専門家を兼《か》ねる必要はないかと」

「ふうん」

要点をまとめて変な表現をするのを取り除けば、出てくるのはそれほど珍《めずら》しくもない励《はげ》ましの言葉だった。

だけど、なんだか悪くない。

「そうよね、そういうことを言って欲しかったのよね、うん、そうよ」

レウにそう言って励まして欲しかったのだ。

「レウってあれで気が利《き》かないところがあるんだから」

そんな風に考えると気持ちが切り替《か》わる。

折良く、昼休憩も終わる。

「ありがとうね。ええと……」

「ヴァティです。こちらこそ話せてうれしかったです」

「うん、それじゃ」

別れ、それぞれのスケジュールに従って動き出す。

相変わらず悲鳴を上げるのは変わらないのだが、昼休憩前よりも恥《は》ずかしくはない。なにより、周りを気にしなくなれば体の動きも良くなり、思った以上の記録を出せるようになった。

「どうよ！」

午前とは別人の気持ちでレウに記録した用紙を見せつける。

「いや、どうよって……」

最後の受け付けで待っていたレウはとても微妙《びみょう》な表情で用紙を受け取った。

「成長したのよ！」

「そ、そう？」

サミラヤの勢いについていけていない顔でレウが用紙に目を落とす。

サミラヤは自信満々だった。

「……正直に言って良い？」

「うん！」

「ぶっちゃけひどいと思うよ？」

「ふぐぅ！」

「総じて平均以下だからねぇ」

「むむふぅ！」

「そもそもサミの前の記録を知らないからね、成長したって言われてもわかんないし」

「ぎゃふん！」

レウの言葉は容赦《ようしゃ》がなかった。

言葉そのものには容赦がないくせに、口調には気遣《きづか》いの空気があってむしろそれが突《つ》き刺《さ》さる痛みを強調する。

「うう、がんばったのに……」

冷静に考えればレウの言う通りなので返す言葉もない。サミラヤはがっくりとうな垂れた。

「……まっ、でも、こんなものは記録さえ取ってしまえばそれ以上の意味なんてないんだけどね」

「レウ？」

「がんばったって思えたんでしょ？　それならそれでいいんじゃない？」

ぽんと頭に手を置かれる。

レウのしかたないなぁという苦笑《くしょう》。サミラヤは彼女のこの笑顔《えがお》が好きだ。

それが見られて、一気に嬉《うれ》しくなる。

「さ、さっさと着替《きが》えて戻《もど》りましょうか。片付けなきゃいけない雑務はまだまだあるわよ」

「ぎゃひん！」

そして、やはり彼女は容赦がない。

疲《つか》れたとぐずぐず言ってみても効果なし。サミラヤは問答無用で生徒会棟《とう》に引きずり戻されるのであった。

その後、一つの記録が一部の人々の目をひくことになる。

全競技でわずかな誤差内で平均値を叩《たた》きだすという偉業《いぎょう》を達成した学生が一人いたのだ。

だが、平均値は平均値。珍しくても目立てるものではない。担当の係たちの間で少しだけ話題になると、すぐに忘れ去られるのだった。

それが彼女の目論見《もくろみ》通りであったのかどうか、それは誰《だれ》にもわからない。

マシンナーズ・アイ

ヴァティ・レンはいつも一人だ。

社交性に問題があるのかといえば、あるようなないようなという奇妙《きみよう》な答えになる。

たとえば、同じクラスのエイ君（男性・十五歳）との場合。


出会い編。

「あ、はじめまして、おれ、エイ・ビー。風通都市ジーネラルから来たんだ」

「はじめまして。私はヴァティ・レン。出身は静海都市ブーシアス、住所はカルザン町三〇四八一。五人家族の長女。女性、十五歳、身長一五八センチメル、体重は……」

「いや、そこまではいいよ、ありがとう！」


授業編。

「あっ、消しゴム」

「落ちましたね」

「ごめん、拾ってくれる？」

「わかりました。先生、隣席《りんせき》のエイ君の消しゴムを拾うために、いったん離席《りせき》させていただきます」

「ん？　ああ」

「約、三秒の離席です。かまいませんか？」

「ああ、早く拾ってやれよ」

「いえ、離席から三秒以下の短縮は不可能かと思われます」

「……まぁ、取ってやれ」

「はい。……………………拾いました。授業が中断したことをお詫《わ》びします」

「…………ああ」

「はい、エイ君」

「あ、ありがとう」


告白編。

「こんなところに呼び出して、なんの用でしょうか？」

「おれ、君の変なところが好きになったみたいだ。付き合ってくれ！」

「変、とはどのようなところがでしょうか？」

「怒《おこ》ったかな？　ごめん。でも、君のそれはとても魅力的《みりよく》だと思うんだ」

「いえ、怒ってはいません。しかし、今後の参考のために、あなたが『変』と感じる部分についてご意見をいただきたいのですが」

「ええと、それは……いちい……いやいや、一つ一つ確認《かくにん》を取ることだったり、言わなくていいことを言ってみたりとか……」

「言わなくていいこととは？」

「悪く言うつもりはないんだよ。おれはそこが魅力的だと……」

「そういうことはいいのです。どこがおかしいのでしょうか？　できれば詳《くわ》しく教えて欲しいのですが」

「え？　あの、それは……」

「お時間はありますか？　できればあなたのご意見をお聞きしたく、とことんまでお付き合い願いたいのですが」

「すいません、おれには荷が重すぎました！」


と、このように他人との交流を拒否《きよひ》することはないのだが、その反応が他人からややもすれば奇異《きい》に見られる部分がある。また、その優《すぐ》れた容姿が親元から離《はな》れて自由と思春期を謳歌《おうか》したい一部の男子生徒たちの目に留まったため、彼らの告白攻勢《こうせい》にあい、よりいっそう、それが浮《う》き上がってしまう結果となってしまう。

最近ではすっかり、『ヴァティ・レンは変人』という評価が固まってしまった。

「…………」

ヴァティは考える。

「なぜでしょうか？」

気分を害しているということはない。だが、一時の男性陣《じん》からの告白大会やその後の自分への評価、その関係性に納得《なっとく》がいかない。

女性の容姿が男性の発情を促進《そくしん》させる一因であることはわかっている。それによって男性陣が自分に告白……特定の男女関係になりたがったというのは理解できる。しかしその後の自分への評価が『変人』というのは……？

「どうしてでしょうか？」

その疑問を、バイト先の店長であり一つ上の先輩《せんぱい》でもあり、そして同じアパートに住むメイシェンに尋《たず》ねてみた。

「ははは……」

メイシェンは困った笑《え》みを浮かべただけだった。

ここは、そのバイト先のケーキ屋だ。

アパートの一階を店舗《てんぽ》に改築したケーキ屋の調理場で、二人はいまケーキを作っていた。調理場の他《ほか》には狭《せま》い飲食スペースとショーケースのあるレジカウンターがあるが、こちらが活躍《かつやく》することはあまりない。メイシェンのケーキ屋は倉庫区に近く、生徒たちで賑《にぎ》わう繁華街《はんかがい》からは離れており、客が直接来ることは少ない。契約《けいやく》した飲食店にケーキを置いてもらうことで収入を得ている。

去年の終わりに店の準備をし、今年から開店したのだが、滑《すべ》り出しとしては上々の結果を出している。

「店長も、私のことを変人だと？」

「店長じゃなくて、メイシェンでいいよ」

「いえ、ここでは店長で」

二人はケーキを作りながら会話を続ける。開店してからまだまだ日は浅いが、二人とも新作を作るというのでもない限り、こうして話しながらでも作業は続けられる。

とはいえ、ケーキを作って配達をするのは早朝から通学時間までに行わなければならないのでそこまで余裕《よゆう》があるわけではない。二人の会話は途切《とぎ》れ途切れに続けられていく。

「話し方とか変だなって思うところはあるけど、変人とまでは思わないよ。わたしは真面《ま じ》目《め》だなって思ってる」

「真面目ですか」

「うん、わからないことをそのままにしておきたくないんだよね」

「ええ、そうです」

「わたしは、ヴァティのそういうところは真面目だなって思うよ」

人見知りするメイシェンだが、店を手伝ってくれる、そして同じアパートということもあってヴァティにはすでに慣れている。

「ありがとうございます」

メイシェンに礼を言い、ヴァティは作業に戻りつつ、考えを先に進める。

しかしそれでは、クラスメートたちはヴァティのことを『真面目』とは受け取ってくれなかったのだろうか？

その差はどこにあるのか？　メイシェンはヴァティの話を聞いた上での感想であり、クラスメートのそれは実際にヴァティの行動を見た上での評価だ。

違《ちが》いはそこにあるのか？　ならば正しいのはクラスメートたちか？

しかし、メイシェンの感想にしてもこれまでのヴァティとの付き合いから得た総合評価であるはずだ。ならば彼女が一方的に間違っているとは言えないのではないか？　ヴァティ・レンとして行動し続けてきた結果、クラスメートには変人と呼ばれ、メイシェンには真面目と言われる。

この二つの違いはどこにあるのか、答えが出てこない。

首を捻《ひね》っている間にその日のケーキ作りは終了《しゅうりょう》した。

†

わからないことをわからないままにしておきたくない。

メイシェンも言ったが、それがいまのヴァティだ。擬態《ぎたい》プログラムを完璧《かんぺき》にするという意味でも、そしてもう一つの意味でも。

「状況《じょうきょう》をもう一度整理してみましょう」

いまは授業中、ヴァティは誰にも聞こえないよう、小さく呟《つぶや》いた。隣《となり》のエイ氏には聞こえたのか、ちらりとこちらを……やや怯《おび》えた顔で見たのだが気にしないことにする。

メイシェンとクラスメートたちの評価の違いはどこにあるのだろう？　メイシェンは彼女が見たヴァティに対する総合評価。そしてクラスメートたちもそれは同様だ。

つまり、メイシェンとクラスメートでは見たものが違うということか。

（そうですね）

これ以上エイ氏を怯えさせることはないと、ヴァティは口に出すのを止《や》めた。擬態プログラムに制御《せいぎょ》をかければ、独り言が『自然と漏《も》れる』ということはなくなる。彼女は静かに、授業を受けているという姿勢を崩《くず》すことなく考え続けることができる。

（見ているものが違う。そうです。その通りです）

一日の半分以上をともにしているといっても、クラスメートたちの見ているヴァティ・レンというのは、普段《ふだん》の授業を聞く姿勢ぐらいのものだ。授業後の交流はほとんど行っていない。

それ以外、彼らが見たものといえば男子からの告白攻勢だ。

そして、メイシェンはこれを見ていない。

つまり、クラスメートたちは次々と男性から告白されていくヴァティを見て、『変人』という評価を下したのではないか。なぜ『変人』なのかという疑問は残るが……。

（やはり、この年代の男女にとって異性間の交流はとても大事だということか）

告白攻勢を受けながら、結局、男性と交流することもなく独り身を貫くことになったヴァティは、その視点に立てばたしかに「変人」ということになる。

しかしならば……？

（彼女、そして彼はどうなるのか？）

メイシェンとそしてレイフォンだ。メイシェンが彼に気があるのは確かだ。ミィフィとナルキ、メイシェンの幼なじみ二人からの情報によれば、レイフォンへの好意はほぼ入学時からということであるのに、一年が過ぎたというのになんの進展もない。

これは、クラスメートたちから見たら『異常』ということになるのではないか？

（どうなのでしょう？）

この都市に来て、適任者として彼女を観察しているが、人間的に異常という様子はない。ということは、人間性と男女間交流における能力というのは連動してはいないということなのか。

（……そうであれば、観察対象の変更《へんこう》も視野にいれなければなりませんね）

目的があって学園都市に来、その適任者としてメイシェンを選んだ。しかし、その選択《せんたく》が誤りであれば変更を余儀《よぎ》なくされる。ヴァティに残された時間は少ない。変更の決断は早い方がいい。

（その前に、確認しなければ）

ヴァティは意を決するとさっそく行動に移ることにした。

昼休憩《きゅうけい》となり、ヴァティが向かったのは二年校舎だ。

ヴァティがその気になれば誰《だれ》がどこにいるかなど、手に取るようにわかる。

その日、目標の人物は公園のベンチでふとっちょのクラスメートと一緒《いっしょ》に昼食を摂《と》っていた。

「あ、ヴァティ。どうしたの？」

二年校舎の周辺にあるこの公園に一年生であるヴァティがいることに、レイフォンが首を傾《かし》げる。

「質問があって参りました」

「そうなの？　お昼まだだよね？　なら一緒に食べよう」

「はい」

ヴァティの手にある弁当箱を見ての提案に、大人しく従う。

「……あれ、その子は」

レイフォンの隣にいたふとっちょのクラスメートが質問する。

「同じアパートのヴァティだよ。彼はエド」

「先日はお世話になりました」

「あ、ああ」

エドは戸惑《とまど》った様子でレイフォンの隣に座るヴァティを迎《むか》える。

「それで、質問って?」

レイフォンの側《そば》にはヴァティと同じ、しかしサイズの違う弁当箱の他にエドと同じ弁当屋のものが重なっている。弁当箱はメイシェンのものだ。今日は、彼女が食事当番だった。昼食まで作る必要はないのだが、彼女は自分が当番のときや、なにかを思いついたときにはそうしている。ケーキ屋の仕事が忙《いそが》しいときには作らない。

今日は新作や味付けを変えたものはないので、ただそういう気分だったということだろう。観察することはできても、その日の気分まで察することは難しい。

「それで、質問って?」

メイシェンの弁当を開けたレイフォンが尋ねてくる。

「はい。レイフォン先輩《せんぱい》は、女性とはお付き合いをしないのですか」

「ぶほぉっ!」

レイフォンとエドが同時に吹《ふ》き出した。

「な、なに? いきなり?」

「レイフォン先輩は第十七小隊の小隊員として高い成績をあげ、女子生徒の間では高い人気を誇《ほこ》っていると聞いています。そんな先輩が女性とお付き合いをしていないということ

が、私には疑問だったのです」

「なるほど、たしかにそうだな！」

エドが大きく頷《うなず》いた。

「さっさと誰かと付き合え、それでおれに誰か紹介《しょうかい》しろ!!」

どうやら、エドはヴァティが規定するまともな感性の男性であるようだ。

「見てください、エド先輩の反応が正しい男子であると思えます」

「うっ」

味方がいないことに気付いたレイフォンがたじろぐ。

「しかし、レイフォン先輩の女性との接触《せっしょく》回数、および好感度はエド先輩よりもはるかに高いにもかかわらず、どの女性ともお付き合いをしていない」

「……いや、そこまではっきり言われると目から汗《あせ》が溢《あふ》れて止まらなくなりそうなんですが」

「なぜでしょう？」

そんなエドを無視して、ヴァティは質問を続ける。

「なぜって……それは……」

「レイフォン先輩のお気に召《め》す女性がいなかったということでしょうか？」

「そういうことでは……」

「では、なぜでしょうか？　普通《ふつう》の男女であればレイフォン先輩のような状況となれば、気に入った異性とお付き合いをするものではないのですか？」

「う、いや、どうなんだろうね……」

「お付き合いともなれば、男女の関係の奥まで覗《のぞ》いてみたくなるものなのではないでしょうか？　レイフォン先輩はそのようなことにも興味はないのですか？」

「ヴァティ……」

戸惑っていたレイフォンが、ヴァティのその一言で表情を変えた。真面目な顔で向き合ってくる。

「なんでしょうか？」

「女の子が、軽々しくそんなことを言っちゃダメだ」

「そうでしょうか？　男女の関係に興味があるのは、なにも男性だけのことではないと思いますが」

「そうかもしれないけど、ダメだよ」

重ねてレイフォンは否定する。

「それはなぜですか？」

「だって、女の子はそんなことになったら赤ちゃんができるかもしれないんだよ。こんなところで赤ちゃんができたらどうするの？　卒業のときには放浪《ほうろう》バスに乗らなくちゃいけないんだよ？　それだけじゃない、養育費を稼《かせ》ぎながら学校にも通わなくちゃいけない。学校に通わないなら、この学園都市にはいられないかもしれないんだから」

「……お前、すっげぇ真面目《まじめ》に考えてたんだな」

「……孤児院《こじいん》にはそういう子もいたから」

エドが感心する横で、レイフォンはなにかを思い出したのか苦い顔をする。

「なるほど、よくわかりました」

ヴァティは頷くと、二人が驚《おどろ》くほどの早さでメイシェンの弁当を食べ終え、颯爽《さっそう》と去っていった。

レイフォンの考えはわかった。社会のシステムを理解した冷静な判断能力が、彼に男女の関係を遠ざけさせている。あるいは社会における自分の状態を整えない限り、彼は自らを男として認めないのかもしれない。だからこそ、女性側からの接触に対して鈍感《どんかん》でいられるということか？

では、メイシェンは？

彼女はどう考えているのだろうか？

レイフォンと同じ考えであるなら、彼女が行動に出ることはおそらくないのではないか？

しかしそれでは、困る。

彼女には、行動に出てもらわなければならない。

どんな方法なら、彼女は行動に出るのだろうか？

実験の必要がある。

彼女そのもので実験を行っては、なにかあったときが問題だ。

ならば、彼女と似たような境遇《きょうぐう》にあるもので、そして有効な手段とはなにか……ヴァティは学園都市中から情報を再集積し、その中から検索《けんさく》を行い、それを見つけ出す。

実験対象、そしてその方法も。

†

ナルキは走っていた。

都市警察付きの念威繰者《ねんいそうしゃ》から連絡《れんらく》があって、もうかなり経《た》つ。時間の浪費《ろうひ》にナルキは汗の浮《う》いた顔に苦渋《くじゅう》の色を浮かばせ、本署に駆《か》け込んだ。

「すいません！」

すでに装備を済ませて待機している同僚《どうりょう》たち、それを前に書類を睨《にら》んでいた上司のフォーメッドがナルキを見た。

「レイフォンは見つからなかったか」

「すいません。別々で行動していたもので」

「しかたがない。放送で呼び出すわけにもいかんからな。お前もすぐに支度《したく》をしろ」

「はいっ！」

ナルキは答えて装備室に駆け込む。

自律型移動都市《レギオス》の地下は、都市の脚《あし》を動かし電力を生み出す機関部、地上部分の生活環《かん》境《きょう》を支える浄化《じょうか》システム、そして緊急《きんきゅう》時のシェルターでそのほとんどが占《し》められているが、他にもいくつかの施設《しせつ》がある。

たとえば、放浪バスの修理や解体を行う区画がある。こちらは非常時、つまり、普段《ふだん》行う外縁《がいえん》部から吊《つ》って上げ下ろしするやり方ができないような緊急時、この地下区画での収容や発進を行うこともある。

その地下区画に変事があった。

逃亡《とうぼう》中の強盗《ごうとう》団が地下区画に潜《ひそ》んでいるという情報を得たのだ。

強盗団の犯行そのものは、このツェルニで行われたわけではない。別の都市で行われ、そして逃亡してきたのだ。

他の放浪バスから回状がきたことから、外来者に該当《がいとう》の一団がいたことを知った都市警は、外来者受け入れ区画から消えている彼らを捜索《そうさく》、そして地下区画に潜んでいることを突《つ》き止めた。

「強盗団は地下区画の修理待ち放浪バスを修理し、独自の移動手段を手に入れるつもりだ。その前に捕《と》らえる」

「はっ！」

フォーメッドの言葉に、強行警備課実行部隊の面々が声を揃《そろ》える。その中には着替《きが》えを終えたナルキもいた。

移動は静かに行われた。

都市警本署には地下通路がある。これは緊急時に一般《いっぱん》人が移動の阻害《そがい》にならないよう、また犯罪者にこちらの行動を悟《さと》られないよう、重要施設に直接赴《おもむ》くために作られたものだ。

その通路を使い、地下区画へと向かう。

「そういえば、まだ聞いていなかったな」

通路を進む実行部隊には凜《りん》とした緊張感《きんちょうかん》が漂《ただよ》っていた。その中で、フォーメッドがナルキに小さく問いかける。

「どうして小隊を辞《や》めたんだ？」

「それは……」

「両立はできていた。実力の方も順調に上がっていたんだろう」

「はい」

「どうしてだ？」

当然の疑問だとは思う。実際にフォーメッドの言葉通り、小隊の訓練に参加することで実力は上がった。それは都市警察の仕事にも活《い》かされていた。

なにより今年は武芸大会がない。去年ほど忙しくはならないはずだ。

しかしそれでも、ナルキは小隊を辞めた。

「まぁ、言いたくないなら無理に聞きはしないがな」

「……すいません」

「ため込んでて、すっきりしないことがあったらおれに言え。聞いてやるぐらいはできるぞ」

「ありがとうございます」

窮屈《きゅうくつ》に思っていた胸の中がそっと温かくなるのを感じた。

そうしている間に、目的地の前に辿《たど》り着く。

大きな鉄製の扉《とびら》だ。手動式のそれは、向こう側からはただの壁《かべ》としか見えないようにできている。

念威繰者の事前調査によって強盗団が修理を行っている放浪バスの位置や、見張りの状《じょう》況《きょう》はある程度はわかっている。それを元に練られた制圧作戦をもう一度頭の中で思い浮かべながら、ナルキは静かに剄脈《けいみゃく》を起こしていく。むやみに剄を放っては相手に気取《けど》られる。隠密《おんみつ》行動でそれは厳禁だと教えられた。

常に剄息をというレイフォンの言葉はいまだに実践《じっせん》できていない。だが、小隊の訓練を経《へ》て、剄脈《けいみゃく》を起こす時間の短縮や、剄を練る速度や瞬間《しゅんかん》の剄量は格段に上がった。

一年にも満たない時間だが、小隊で得たものは大きい。

しかしそれでも、ナルキは小隊を辞めた。

部隊の一人がゆっくりと扉の錠《じょう》を外し、手をかける。扉側の壁際《かべぎわ》に立ったフォーメッドが無言で手を振《ふ》り、突入《とつにゅう》開始を示した。

扉を一気に引き開け、できあがった隙間《すきま》に次々と実行部隊の武芸者たちが飛び込んでいく。念威《ねんい》端子《たんし》がその後を追う。

ナルキは三番手で地下区画に入った。修理中とされている放浪バスを目指す。

放浪バスはボディの一部が外され、剝《む》き出しになった駆動部《くどう》に修理の手が加えられている最中だった。工具を手にした男たち数人が驚いてこちらを振り返っている。反応の遅《おそ》さから、武芸者ではない。

ならば……

ナルキは復元した捕《と》り縄《なわ》を投じる。レイフォンの紹介《しょうかい》でゴルネオに施《ほどこ》してもらった化錬《かれん》剄《けい》の修練が、宙を進む捕り縄を蛇《へび》のごとく進ませ、作業員たちにまとめて絡《から》みつかせる。

そして……

外力系衝剄《しょうけい》の化錬変化《かれんへんげ》、紫電《しでん》。

錬金鋼《ダイト》に取り付けられた紅玉がナルキの剄を電撃《でんげき》に変える。威力《いりょく》を調整した電撃は作業員たちを仰《の》け反《ぞ》らせ、気絶させた。

「次っ！」

手応《てごた》えを押し殺し、次の目標を探す。強盗団を構成しているのは十人。その中で武芸者は半数だ。放浪バスへと向かいながら、他《ほか》の場所で進行している状況を音で確認《かくにん》する。地下区画での衝突《しょうとつ》が聞こえた。見張りとしてあの辺りに武芸者が集中していたか？

(左、三人！)

念威繰者の鋭《するど》い声にナルキは反応する。放置された放浪バスの陰《かげ》から三人の武芸者が飛び出してくる。

打棒と捕り縄を構え、ナルキは三人を迎《むか》え撃《う》った。

突入開始から終了《しゅうりょう》まで、時間にすればわずか数分、だがその熱気は地下区画に残滓《ざんし》を色《いろ》濃《こ》く漂わせた。

「ふう」

捕らえた者たちが運ばれていく様を眺《なが》めながら、ナルキはゆっくりと息を吐《は》く。

「ご苦労さん」

肩《かた》を叩《たた》かれて振り返れば、フォーメッドの上機嫌《じょうきげん》な顔がある。強盗団が他都市で奪《うば》った物に関して、都市警には返却《へんきゃく》義務はない。これは都市同士の交流を行うための時間や移動手段が問題なのだ。どうしても返して欲しいものがあれば、直接訪《おとず》れて、買い戻《もど》すというやり方が一般的だ。売るにしろ、盗《と》られた都市が買い戻しに来るにしろ、それらは学園都市の収益となる。

自分の懐《ふところ》が温まるわけではないというのに、フォーメッドはそのことを喜ぶ。

そのことを最初は不審《ふしん》に思い、奇異《きい》にも感じていた。

「しかし、荒《あ》らされてしまいました」

心に浮かんだそれを追い出すように、ナルキは辺りを見回した。修理中だった放浪《ほうろう》バスは横倒《よこだお》しになり、あちこちにバスの外装の破片《はへん》が散っている。漏《も》れ出した機械油が煤《すす》で汚《よご》れた床《ゆか》に黒い水たまりを作っていた。

ナルキに向かってきた武芸者たちは強かった。おそらくはナルキよりもだ。しかし、レイフォンというずば抜《ぬ》けて強い武芸者を筆頭にニーナやシャーニッド、ダルシェナという、全員がナルキよりも強い小隊員を相手にする毎日で、自分よりも強い相手との対峙《たいじ》のしかたを心得ていた。

時間を稼《かせ》ぐことに終始したことで、他を制圧し終えた武芸者たちが合流し、無事に捕縛《ほばく》することに成功した。

しかし、時間をかけてしまったがために、周囲はこの惨状《さんじょう》だ。

「気にするな、どれもこれも解体待ちだったんだ。多少壊《こわ》れたところで誰《だれ》が怒《おこ》るものか」

フォーメッドの上機嫌な笑いが響《ひび》く中、恐縮《きょうしゅく》していたナルキは異音を耳にした。

それは、ナルキたちの真上だ。

換気《かんき》用のパイプがいくつかあるほか、区画を仕切る混凝土《コンクリート》の天井《てんじょう》、それらを仕切る鉄骨がある。

一般人では強力な照明が邪魔《じゃま》をして天井部分を詳《くわ》しく見ることはできない。しかし、武芸者の眼《め》をもってすれば、異音の源を見つけ出すことは可能だ。

そして、気付いたときには異音という兆候は、現実の結果として表れようとする、まさにその瞬間だった。

天井が崩《くず》れ落ちる。

「退避《たいひ》っ！」

叫《さけ》ぶのが精一杯《せいいっぱい》だが、ナルキの声に他の武芸者たちが反応するには十分な時間だ。武芸者たちが近くにいた一般の同僚を抱《かか》えて退避する中、ナルキもフォーメッドを抱える。

しかし、崩壊《ほうかい》は広範囲《こうはんい》であり、ナルキたちはその、ほぼ中心にいた。フォーメッドの身の安全を守る速度では安全圏《けん》への退避は間に合わない。

そう判断したナルキは、一目散に横転した放浪バスを目指した。


一瞬だけ気を失った。

「ここは？」

フォーメッドの声で我に返る。いや、気を失ったわけではなく、急激な暗転でしばし呆《ぼう》然《ぜん》としてしまっただけのようだ。

全身を覆《おお》うような鉄のぶつかり合う重々しくも尖《とが》った音が過ぎ去ると、耳が痛くなるほど静まりかえった。

　辺りは暗くなり、目の前さえもはっきりしない。

「バスの中です」

「ああ、そういえば……崩れたのか？」

「はい」

　答えながら、ナルキは申し訳なさでいっぱいになった。ナルキがもっと早く強盗団を鎮《ちん》圧《あっ》できていればこんなことにはならなかったのだ。

「どうだ？　脱出《だっしゅつ》できそうか？」

　フォーメッドが身をよじって辺りを確認しようとする。

「ん……」

「おっと、すまん……これは、窮屈だな」

「……はい」

　天井からの崩壊で放浪バスも無事ではない。修理のために外装が外されていた前部分は潰《つぶ》れ、ナルキがいる後部座席部分もあちこちが歪《ゆが》んでいる。

　二人が無事でいるのがむしろ奇跡《きせき》のような状況ではあるのだが、同時になにもできないほど狭《せま》い場所に押し込まれてしまう形になってしまった。

「これは、どうしたものかな?」

「すいません、咄嗟《とっさ》で……」

「いや、おれ一人だとこんなことになる前にぺしゃんこだったろうからな。まぁ、じっとしていれば救助隊が来るだろう」

「はい」

「後はのんびりとするだけだ」

フォーメッドの言葉で少しだけ自責の念が和《やわ》らぐ。

……しかし、わずかな緊張《きんちょう》の緩《ゆる》みがナルキに別の考えを起こさせた。

(課長と、こんな近くで……)

二人は、寝転《ねころ》がった形で密着した状態となっている。床から剝《は》がれて斜《なな》めに傾《かし》いだ座席が上を塞《ふさ》いでいるが、これがあったおかげでボディを貫《つらぬ》いた鉄骨を受け止める形になっているようだ。

そして、咄嗟にフォーメッドを庇《かば》ったために、彼が下にいる。つまり、ナルキはいま、彼の体の上で寝転がった状態になっているということだ。

(なんて格好だ)

冷静に考えれば、顔から火の出るような状態だということに気付いて、ナルキはどうにかできないものかと周囲に意識を巡《めぐ》らせる。
ギ、ギイイ……
「くっ……」

「ナルキ。いまは下手に動かん方がいい」

「す、すいません」

「いや、おれこそすまんな。腹が丸いから安定が悪いか」

「いえ、そういうことではなくて」

それが冗談《じょうだん》だということはわかっていたが、ナルキは笑えなかった。

むしろ、それどころではない。

戦闘《せんとう》直後で汗《あせ》をかいているし、密着しているから体のラインがばれてしまう。髪《かみ》も乱れてしまっているし、なによりも埃《ほこり》を被《かぶ》っているから顔も汚れているに違《ちが》いない。こんな状態でフォーメッドがこんな側《そば》にいるなんて。ああ、せめてシャワーを浴びて……いやいや、なにを考えている！

冷静になれ！　自分にそう言い聞かせる。いまは緊急《きんきゅう》事態で、そんなことを考えている場合ではない。

ああ、しかし、こんな機会はもうないかもしれない。学業に都市警、どちらにも身を入れて真面目《まじめ》に取り組んでいるフォーメッドと、こんな、二人きりになれるような時間は、もうないかもしれない。

(それなら、いまこのときしか)

「どうした？　不安か？」

落ち着きのないナルキをそう受け止めたのか、フォーメッドが聞いてくる。

「いえ、そういうことではなくて……」

「……まぁ、救助が来るまで暇《ひま》だしな。なにか話題でもあればいいが、あいにくといいのが思いつかんなぁ」

「そんなことは……」

「それじゃ、もう一回聞いてもいいか？」

「なんですか？」

「小隊を辞《や》めた理由だ」

「それは……」

「おれは、気の利《き》いた話というのができんからなぁ。それに、話したくなければいいとは言ったが、やはり気になる」

「……どうしてですか？」

「ん？」

「どうして、そんなに気になるんですか？」

「それは、まぁ……小隊入りそのものが、そもそも事件がらみだったからな。すぐに辞めると思っていたらそのまま続けた。かと思えば今年になって辞めると言う。お前が中途半端《ちゅうとはんぱ》な気持ちでそんなことをしているとは思ってないが、どうして考えを変えたのかは、気にはなるな」

そういえばそうだった。ナルキは懐《なつ》かしい想《おも》いであのときのことを思い出す。第十小隊に剄脈加速薬《けいみやく》使用の疑いがあったため、ナルキは調査のために第十七小隊に協力を申し入れ、小隊入りした。

結局はニーナの独断によって調査そのものが台無しになってしまう。そのときには大いに怒った。しかしニーナの正義感とそれを貫こうとする意志力は尊敬に値すると思った。

事件そのものは生徒会の判断により第十小隊の事実上解散という、政治の汚《きたな》い部分を見せられる結果となってしまったが、それをニーナの独断のためだと恨《うら》む気にはなれなかった。なにより、順調に都市警の捜査《そうさ》が進んでいたとしても、当時の生徒会長カリアンの判断が変わることはなかっただろう。

あの場所で自分がなにもできなかったのは、なにもニーナの独断のためだけではない。

ナルキに武芸者としての実力も、警察官としての捜査能力も足りなかったためだ。

そう思って、第十七小隊に改めて入れてもらい、自分を鍛《きた》え直した。

「でも、どこまで強くなれば良かったのでしょう？」

「ふむ……？」

ナルキの質問に、フォーメッドは首を傾げた。

強さには際限がないことを第十七小隊で知った。レイフォンの実力をその身をもって知ったというだけではない。対汚染獣《おせんじゅう》戦、そしてグレンダンとの接触《せっしょく》やその後の異常な出来事など、武芸者はどれだけ強くなってもそこで終わりということはないのだとまざまざと体験してしまった。

そのことで、嫌《いや》になったというわけではない。

だが、ならばどこまで強くなれば、自分は警察官として全力を尽《つ》くせるようになるのだろう？

それがわからなくなった。

「戦いが怖《こわ》くなったとかそういうことではないんです。正直、さっきの戦いでももっと強ければと……」

「そうだな。おれとしては三年ほど小隊に勤めて、それでもまだ警察に専念したければ……と考えていたが」

「そうだったんですか」

フォーメッドが自分のことを考えてくれていたということは嬉《うれ》しい。

しかし、それでは……

「どうかしたか？」

辺りに明かりになるようなものはない。お互《たが》いに表情など見えないはずだが、フォーメッドはナルキからなにかを察したようだ。

「いえ……」

「なんだ、ただでさえ息が詰《つ》まりそうな状態なんだ。思ったことは言ってしまおう」

「いいんですか？」

「ん？」

「本当に、いいんですか？」

「ああ、いいぞ」

フォーメッドはどれだけ自覚してそんな言葉を言ったのだろう？　だが、ナルキはもうここしかないと思った。このときしか、自分の気持ちを言える場所はないのではないか、そう思った。

「……三年も小隊にいたら、課長がいなくなってしまうじゃないですか」

「なんだって？」

「それこそ中途半端と言われるかもしれませんが、課長はもう今年しかいないんです。それだって、引き継《つ》ぎなどでずっと現場にいるというわけでもない。あたしが、課長と一緒《いっしょ》にいられる時間は限られてるんです」

「お前……」

「あたしは、課長と一緒にいたいんです。あたしは、課長のことが………」

息を呑《の》む気配にナルキは緊張した。

怒《おこ》られる。そう思った。

警察官として強行警備課の課長を務める一方、養殖《ようしょく》科の生徒としても実績をあげているフォーメッドだ。その行動に半端はなく、自分が正しいと思うことに邁進《まいしん》している。対してナルキは入って一年ばかりの小隊を辞めた。その理由が恋愛《れんあい》ごとだ。

情けないと、フォーメッドならそう怒るに違いない。勢いに任せた告白をして、ナルキは覚悟《かくご》して目を閉じた。

「ふうむ……」

フォーメッドが短く唸《うな》り、ナルキは緊張で体が震《ふる》えた。

「まぁそう硬《かた》くなるな」

意外な言葉に、ナルキは目を開けた。

「……怒らないんですか？」

「なんで怒ると思った？」

「それは……」

「ふん、どうもおれは、実年齢《じつねんれい》より年上に見えるようだからな」

「そんなことは……」

ないとは言えない。六年生になったフォーメッドは今年で二十一になるはずだが、悪いが三十代といわれてもなんの違和感《いわかん》もない。

しかし、ナルキは外見でフォーメッドを選んだわけではない。

「金に汚いともよく言われるな」

「でも、課長は私腹を肥やしたことはないじゃないですか」

「それはそうだ。だが、犯罪者から接収したもので都市の懐《ふところ》が温まれば、結果的に養殖科に回される予算も増える。打算もあるさ」

「それは……」

「別に正しいことをやっているとを胸を張りたいわけじゃない。間違《まちが》ったことをしてるとも思ってないけどな。言ったかな？　おれが都市警に入ろうと思ったのはおれが好きな養殖湖を荒《あ》らすバカがいたからだ。情報を盗《ぬす》もうとする犯罪者もそうだが、単純に養殖湖を汚《けが》す奴《やつ》もそうだな。おれは、そういう奴らにわかりやすい脅《おど》しをかけられるように警察官になった。そういう男だ」

「あの……」

「つまりだ。おれはお前が思うほどに真面目でもなければ、純粋《じゅんすい》でもないということだ」

「そんなことはないと思います」

「まぁ、どう思うかは人の勝手だがね。つまりだ、おれはお前が思うほどにああだこうだと怒ったり文句を言ったりする気はないと、言いたいわけだ」

なぜ、いまそんな話になったのか、いや……ナルキが怒られると身構えたからこんな話になった。それはわかる。

だが、大事なことを避《さ》けられているような……

「あの……」

「ん？」

「それで……あの、その……」

「ああ、自己弁護が長すぎたな。すまん」

「い、いえ、そんなことは……」

「ただ、さっきも言ったがおれはお前が思っているほど真面目じゃないし、他人が決めたことを頭ごなしに怒れるほどできた人間ではないからな。そういう心配はしなくていいと言いたかったんだ」

「あの、そのことはもう十分に。……それではなくて、その……」

実はわざとなのではないだろうか？　不意にそう考えた。こんな状況《じょうきょう》でナルキの告白を拒否《きょひ》すると気まずくてしかたがない。だからうまく誤魔化《ごまか》せないかとあれこれ言っているのではないか……そんな考えが頭に浮《う》かび、ナルキは体中の血が引いた。

「……もしかして、あたし、ご迷惑《めいわく》なことを言ってしまいましたか？」

「ん？」

「そうですよね、あたしなんかに告白されても、迷惑なだけですよね。すいません、忘れてください」

「いや、ちょっと待て」

「気を使っていただかなくてもけっこうです。もう、このまま助けが来るまでじっとしていますから」

「待て待て、むしろそう言われた方が気を使うわ！」

狭《せま》い中でフォーメッドの悲鳴が響《ひび》く。

「でも、課長はあたしのことは……」

「ああ、まったく！　おれの前置きが長かったことは謝る。だから拗《す》ねるのはやめろ」

「しかし……」

「おれは、お前がおれのことを誤解しているようだから、それを解いておきたかったんだ。変な理想を押しつけられても困るからな」

「す、すいません。ではやはり……」

「だから最後まで聞けっ！」

暗い中、フォーメッドの悲鳴じみた大声が辺りに充満《じゅうまん》する。

「お前の気持ちはよくわかった。おれも嬉しい」

「では……」

「だが、たった一年だ。お前にとっての学生生活はまだ続く。いない人間に気を使うなんて真似《まね》はさせたくない。そしておれにしても、故郷に戻《もど》らねばならんお前を待つようなことはしたくない」

それはまるで、不実の宣言のようにも聞こえる。

だが、そんなことはナルキにだってわかっている。告白をするべきかどうか、頭を悩《なや》ませていた理由は勇気以外に、年の差、学年の差にもあったのだから。

どうあがいても、フォーメッドが先に卒業してしまう。そしてナルキにしても卒業後に彼を追いかけて生まれ故郷を捨てるようなことはできない。

それは、破局を約束された結びつきに過ぎない。

だけれど……

「それでも、かまいません。課長との思い出がもらえるなら」

たった一年だなどと、あえて言う。その部分をナルキは誠実さだと受け止めてしまう。そしてそんな彼だからこそ、ナルキは好きになったのだ。

強《こわ》ばっていた体から力が抜《ぬ》け、ナルキは自然とフォーメッドに体を預けることになった。

「ふん、しかたがないとはいえ、不真面目《ふまじめ》な話だな」

言いながらも、ナルキを受け入れ頭を撫《な》でるフォーメッドの手は優《やさ》しかった。

やがて、救助隊によって助けられた二人は、自分たちの会話が外に漏《も》れていたという事実とともに、降り注ぐような祝福と冷やかしの口笛に出迎《でむか》えられることになるのだが、しかし嫌な気持ちにはならなかった。

†

それらを、ヴァティ・レンは観察していた。

男女間交流から見た学園都市の構造的欠陥《けっかん》……その観点から成立不可能と思われる男女を検索《けんさく》した結果、導き出されたのがナルキとフォーメッドの二人だった。そして彼らを二人きりに、しかも危機的状況という、できれば思いの丈《たけ》を残さず述べておきたい状況に押し込むことに成功した。

事件そのものは偶然《ぐうぜん》であったにせよ、それを利用して二人をあの状況におしやったのは、ヴァティの力だ。

「つまり、愛とは永遠ではないということでしょうか?」

しかし、そこで得た答えは新たな疑問を呼ぶ。

「……愛とは永遠であるべきなのでしょうか?」

遺伝子の拡散、そしてその組み合わせによる優良な個体を生み出すという生物的な観点から見れば、一つの組み合わせに、子孫の可能性を託《たく》すというのはあまりにも危険なことのように思える。

同時に、種全体から見れば、その中で優良な個体が生み出されればよいのであり、一つの個が拡散に励《はげ》む必要はないとも考えられる。

「どうなのでしょうか?」

新たな疑問。その答えを知るべく、ヴァティは再び動き始める。

この後、学園都市で一時的にカップルの成立と破局が多数発生することになるのだが、しかしそれは、一つの流行として片付けられるのであった。

月に昇《のぼ》る猫《ねこ》について

彼女とすれ違《ちが》うのはいつも夜だ。

フォーメッド・ガレンは都市警察本署から帰宅のついでにその辺りを巡回《じゅんかい》する。もはやする必要のない立場にいるとはいえ、しなければ自分ではないような気がしてしまう。我に返れば帰宅の道から外れて巡回路を歩いていることが多く、その内にそういうものだと諦《あきら》めて習慣にしてしまった。

その巡回の途中《とちゅう》で彼女とすれ違う。

だいたい、曜日は決まっている。仕事の忙《いそが》しさで多少ずれることがあったとしても、まるで彼女はこちらの都合に合わせてくれているかのようにその場ですれ違う。

ただそれだけだ。

ただそれだけなのだが、気になる。それは警察官としての勘《かん》なのか、ただの錯覚《さっかく》なのか、あるいは男女の間に存在するそれなのか、フォーメッドには判じかねた。

判じかねたから気になっている、とも言える。

「なにしろおれは、そっちは本当にだめだからなぁ」

そう呟《つぶや》いて、一人苦笑《くしょう》する。

初見では必ず年上に見られてしまい、その上、背も低く、それなのに頭が大きいため頭身が少ない。

異性からはほとほと相手にされにくい容姿だということは自分でもわかっている。

しかしだから仕事や学業に没頭《ぼっとう》していたのだと考えるのは、その二つを冒瀆《ぼうとく》しているようでもあるし、そうではないと思っている。いやいや、そんな風に考えることこそ……いやいや、そんなことない……いやいや……という風に一度考えると面倒《めんどう》な迷路《めいろ》ができあがってしまう。

二つは分けて考えるしかない。その方が厄介《やっかい》がない。混ぜっ返してしまうのは若いからだ……そういう考え方をしてしまうのは見た目に精神年齢《ねんれい》が追いついてしまっているからなのか……？

別の迷路ができそうになってしまい、フォーメッドは頭から追い出す。

こんな自分でも想《おも》っていると言われている。そんな酔狂《すいきょう》な女性がいる。幸せな感覚に首を傾《かし》げたくなる。

「驕《おご》りなのだな」

すれ違う女性のことを考えて男女のそれだという推測が浮かび上がってくること自体が、驕りなのだ。想ってくれる女性がいたということで舞《ま》い上がっているのだ。自分の男ぶりが良いというわけではない。女が酔狂なだけだ。

自戒《じかい》の念を目の前に置きつつ、さてではこの感覚はなんなのか？　と改めて考えてみる。すれ違う女性が誰《だれ》なのか、それを調べることは都市警察に長く勤め続けてきたフォーメッドにとって難しいことではない。職業上、人の顔を覚えることは得意だし、また都市の記録を調べることもできる。

一年生だと目星を付けて調べれば、すぐに判明した。

ヴァティ・レンという一般《いっぱん》教養科の一年生だ。住むところもすぐにわかる。変なところに住んでいるなとは思ったが、一年生だからなと納得《なっとく》もできる。都市の事情もわからずに家賃の安さに目が眩《くら》んで変な場所で部屋を借りてしまい後悔《こうかい》する。そういう学生は毎年、多数いる。彼女がそういう類《たぐい》の失敗をしてしまっているのだとしてもおかしな話ではない。

住んでいるところがわかれば行動半径もわかってくる。

さて、とフォーメッドは考える。頭の中で地図を広げる。

ヴァティの予想行動半径を念頭に置いて、毎週、フォーメッドとすれ違う可能性について考える。調べようと思えばどこで働いているのかもすぐにわかるが、行動半径が大きく歪《ゆが》むようなことにはならないだろうと考えていた。特別な事情でもない限り、人はただの移動からは無駄《むだ》を省きたいものだ。

「さて……」

と、今度は口で呟く。

可能性は、ある。

夜、という時間が気になるがフォーメッドとすれ違う場所は彼女の行動半径にひっかかる位置だ。

ではただの気のせいなのか？


「気のせいだ」

昼食で久しぶりに顔を合わせた同級生に断言されてしまった。お互《たが》いに卒業に向けてやることも多く話す機会は目に見えて減っていた。

むしろ、そう言われることを見越《みこ》して滅多《めった》に会わなくなったこの同級生に打ち明けたという面が強い。

「そう思うか？」

見栄だな、と内心で苦笑しながらフォーメッドは返す。

「それ以外になにがあるってんだ？」

問い返されると、照れた笑《え》みが浮《う》かんでくる。お互い、卒業に向けてやるべきことは詰《つ》まりに詰まっている。想像の翼《つばさ》を広げてどこまでも飛んでいく余裕《よゆう》はない。だからこそ艶《つや》っぽい方向に話が膨《ふく》らむこともなく、容赦《ようしゃ》なく切り捨てられる。おい、お前、疲《つか》れてるのか？　食べることを止《や》めない同級生は、目だけでそう問いかけてきていた。

そしてフォーメッドはそう言われることを期待して、彼に話した。

「まぁ……そうだろうさ」

「そうに決まってる。それよりも、おい、卒業しちまえば都市も違うんだ。どうせ余計なお世話だろうけどな」

「うむ」

「いつまで都市警やってるんだ？」

「うん？」

「養殖《ようしょく》と警察、どっちがやりたいのかまったくわかんなかったけどよ。お前はどっちもうまくやっちまった」

「どうかな」

「やったよ。だけどな、そろそろ仕切り直しのときだぜ？」

「わかっている」

そうは言うものの、実際にわかっているかどうか自分でも微妙《びみょう》だと思っていた。

研究者としての見識を広めるために都市の外へと出てきた。

それなのに、気がつけば警察官の仕事にもはまってしまっている。そんなことになれば
どちらかがうまくいかないか、あるいは共倒《ともだお》れになるかだが、フォーメッドは運の良いこ
とに両方共をうまくこなすことに成功してしまった。

自分でも良くできたと思っている。

だがそのために、いまのフォーメッドは故郷の都市に戻《もど》ったとき、自分を何者にしたい
のかを決めかねるようになってしまった。

初志を貫徹《かんてつ》して研究者になるか。

あるいは、学園都市で見つけた養殖系の警察官としての道を選ぶか……

卒業が近づき、将来への準備を進めなければならない同級生にはフォーメッドの迷いが
見えているのかもしれない。

「ならいいけどな」

その言葉は適当な相づちにしか聞こえなかった。

食事が終わればすぐに別れた。お互いに忙しいのだ。喉《のど》を洗うようにコップの中身を一

気に飲み干して去って行く同級生を見送ると、フォーメッドも苦笑一つで会話のことは忘れた。食事を片付けるのに集中し、頭の中を今日片付けなければならないことに切り替《か》える。

それからしばらくの間、フォーメッドは彼女のことを忘れていた。卒業に向けた研究成果のまとめも忙しければ都市警察でのことも忙しかった。現場を任されることはもはやないが、それでも後任に遺漏《いろう》なく引き継《つ》ぐためにやらなければならないこともある。そして残っている以上は日常での対処ごともある。

忘れるには十分な忙しさだったが、思い出すのも簡単だった。

習慣となっていた巡回を止めていないのだ。

その日、その夜になれば自然と出くわしてしまう。

「……む」

だから、すっかり忘れていつものように帰宅がてらの巡回をしていたフォーメッドはそう声を漏《も》らした。

前から女がやってくる。

ヴァティ・レンだ。

透明《とうめい》な美しさのある女性だ。

人形のようだ、とも言える。

夜と同化するかのような静けさを白い面《おもて》に湛《たた》え、ヴァティはこちらに歩いてくる。

いや、そちらへと向かうフォーメッドとあちらへと向かうヴァティが交叉《こうさ》することもなくすれ違っていく。

ただそれだけのことだ。

フォーメッドは視線を下げようとして、いやさと気持ちを切り替え、上を向いた。下を向いてしまえば視界が悪くなる。それは巡回している者としては避《さ》けたかった。上を向ききってしまっても同じだが心持ちが違う。空を見て歩くのと地面を見て歩くのとでは違う。違うと思って進む。

幸いにも今夜は月が出ていた。それを見ているかのような風情《ふぜい》を装《よそお》う。

月は大きく、そして清々《すがすが》しくそこにあった。澄《す》んだ夜に浮かべた氷塊《ひょうかい》のようだった。カラリと転がる音が天から降ってきて、フォーメッドの無様な心を洗ってくれた気がした。

見なければ余計なことを考えなくても済むという程度の考えでそうしたのだが、意外によいものを見たような気になってそのまま歩いていた。

ふっと、視界の隅《すみ》で影《かげ》がすぎていく。

なにかがざわめいた。

いや、これだ。

このざわめきがいつもフォーメッドの胸を荒《あ》らす。張り巡《めぐ》らせた神経を刺激《しげき》する。

なにかあると思わせてしまう。

だが、なにもない。

あれから調べたのだ。やはり、気になるものを気のせいと放《ほう》っておけないから。

ヴァティ・レンの周囲に怪《あや》しい影などない。周囲の評価は少し変だが真面目《まじめ》な人物というもので、おかしな噂《うわさ》もなかった。

彼女はただそれだけの人物で収まっている。

都市警察の人間として気にしなければならないものはなにもない。

では、なにが気になるのか？

なにが、彼の心をざわめかせているのか？

見なかったことが、かえって気にさせる羽目に陥《おちい》ったのか、フォーメッドは失策に気付いて舌打ちしたい気分で視線を戻した。

……と、足音が消えている。

意識が現実に戻って音がないことに気付いたフォーメッドは、自分も歩くのを止めた。

振《ふ》り返り、ぎょっとする。

ヴァティがこちらを見ていたのだ。

息を止めるほどに驚《おどろ》いた。声を出さなかったことだけが僥倖《ぎょうこう》という状態だ。思わず身構えそうになり、踏《ふ》みとどまり、転げそうになった。

結果としてバタバタとその場でみっともない踊《おど》りを踊ることになったのだが、しかしヴァティはそんなフォーメッドを前にしてもなにかを言ったりすることはなかった。

微動《びどう》だにすることなく、こちらを向いている。

いや、空を見ているのだと気付いた。さきほどまでのフォーメッドと同じように。

月を見ている？

こうなってしまって慌《あわ》てて逃《に》げてしまうのはおかしいのではないか、興味もある。彼女はなにを見ているのか？

月だろう。そう思いながらも、確かめておきたい気持ちがフォーメッドを突《つ》き動かす。

彼女の視線を追って、空を見た。

やはり、月があった。

そして木があった。

最初からそこにあっただろうか？　道の脇《わき》にある公園から伸《の》びた木が道の上にまで枝を

伸ばしていた。それが夜空の月にもう一つの飾《かざ》りとなっている。

いや、飾りはもう一つ。

そしておそらく、ヴァティはこの飾りを見ているのではないか。

それは、猫《ねこ》だ。

月を背に、いまにも折れそうな枝に乗り、その猫はいた。

猫には、三つの目があった。

†

猫の額にあるそれは目ではない。不可思議な色合いの宝石だ。

黒猫なのだが宝石の周りの毛並みだけが白く、荒々《あらあら》しい模様を描《えが》いている。

月を背にした黒猫はまるで夜をくりぬいたかのようだ。

「あなたは……」

見上げたヴァティは呟《つぶや》いた。

呟いてから、目の前にいる男の動きが止まっていることに気付く。なにかに気を取られてのことではない。

ヴァティよりもはるかにゆっくりと動いているのだと気付いた。

「光速通信を体感速度で体験するというのはどういう気分かな？」

意地の悪い声は耳ではなく頭に直接響《ひび》いている。ヴァティは改めて黒猫を見た。

「こちらが反応するよりも速くとは、あなたはもはや人間ではないのですね」

「あら、まだ人間だと思ってくれていたの？」

「性能の話です」

「なるほどね」

猫の奥でその人物はどんな表情をしているのか？　いままでは考えたこともない疑問がヴァティを捕《と》らえたことに気付く。

「それにしてもそんなに人間に近づいてどうしようというのかしら、ね？」

黒猫の質問はヴァティの内面に触《ふ》れているかのように敏感《びんかん》な位置を突いてくる。

「あなたに説明する必要が？」

「ないわね」

「では、なぜ危険を冒《おか》してまで姿を見せたのです？」

問いながら、答えはすでにわかっているようにも思えた。

この人物の行動を予測しようとすれば、その動機には高確率で好奇心《こうきしん》が配置されていることは間違《まちが》いない。

いまこのタイミングで学園都市に現われる理由は？　そこに自分がいるのだと考えるのはごく自然なもののはずだ。

なぜなら、ヴァティはレヴァンティンとしての本来の役目を保留にしてまで、こんなところでする必要もない情報収集をしているのだから。

「なにもしなければなにもしてこないと思ったから、まぁ、あとは『どこまで近づいても大丈夫《だいじょうぶ》か？』みたいな子どものお遊びみたいなことを、ね」

「それで今日は会話ができるか？　と」

「そう、そういうこと」

「馬鹿《ばか》げていますね」

ヴァティは首を振ろうとして、しかしできなかった。いまの二人は光速で情報をやりとりしている。現実的な会話の速度にまで体感レベルを上げているが、それで現実に体の動きまで速度を上げたらどんなことになるか。

運動能力が追いつけないまま、なんらかの不具合を起こすことになる。

なにより、近くにいるこの男性になんらかの被害《ひがい》が及《およ》ぶことだろう。

「わたしにとっては大事なこと。それは他人に理解される必要のないこと。あなたのそれも、そうなのでしょう？」

「…………」

　光速通信に肉体的な反応を見せようとする。その反射はまさに人間的だ。消そうと思えば消すことは簡単だが、だがあえてヴァティは『自制』という選択肢《せんたくし》を選ぶ。

「おもしろいねぇ、本当に」

　黒猫の声はそんなヴァティを笑っているかのようだった。

「どうしてこんなものに憧《あこが》れるのか。わたしにはわかりかねるよ」

　猫の目が光る。その視線はヴァティの前にいる男性に向けられていた。

「ならば、あなたはわたしの欲《ほ》しいものを捨てたということになります」

「そうね。お互《たが》いに理解しかねる存在ということになるわね」

「平行線です」

「それはわかり合うことはないという諦念《ていねん》？」

「事実、ではないですか？」

「どうかしら？　人は話せばわかるという言葉をよく使いたがるわね」

「話し合いでの解決は可能です。ただ、全《すべ》ての事例にそれが当てはまるわけではないというだけです」

「へぇ？」

「なんでしょう？」

「いや、本当にそうなのだなと思うとおかしくて」

笑っている。

「なんということでしょうね。まったく、嫉妬《しっと》してしまいそう。いえ、これはきっと嫉妬しているのね。まさかこんな割り切れなさが残っているだなんて。それを、あなたによって明かされてしまうなんて」

黒猫はその場でおとなしくしている。

しかし、聞こえてくる声は笑っているようであり、怒《おこ》っているようでもある。心の底から笑っているようで、しかし実は、不意に現れた煮《に》えたぎるものを笑い飛ばすことで誤魔化《ごまか》そうとしているようでもある。

あいまいに激しい声が光速通信の中で躍《おど》っている。

ごく普通《ふつう》の動きしかみせない猫と、奇妙《きみょう》な感情の振幅《しんぷく》を表現する笑い声。重なり合わない二つの事象は、しかし一つのものだ。

それが、混乱させる。

ヴァティは認識《にんしき》を揺《ゆ》さぶられたような奇妙な感覚に戸惑《とまど》った。

この猫は、あくまでも彼女を乗せている乗り物にすぎない。彼女の本体ではない。

だが、本当にそうなのだろうか？

かつてはそうだった。

だが、いまもそうだという保証はない。

普通では生きていないはずの時間を越《こ》えて存在するこの人物は、もはや生物的に人間ではありえない。ならば、姿が人間だという保証はなく、この猫が乗り物のままであり続けているという保証もない。

ならばこの猫こそが彼女か？

しかし、猫は彼女の声に合わせることもなく、感情に乗ることもない。

月を背負った枝の上で身軽に座っているだけだ。

「……あなたの目的はなんですか？」

「世界の平和」

「そんなはずはありません。あなた方、アルケミストは……」

「あなたが知っているアルケミストとはどれかしら？　組織の名前？　それともその由来であるわたしたちのこと？」

「もちろん、あなたがたのことです」

「それなら、あなたはきっと勘違《かんちが》いしている。なぜならあなたの知るサンプルには問題があったのだから」

「間違いですって？」

「どちらであれ、あなたのその答えにはおもしろい意味が含《ふく》まれていると思うのだけれど？」

「…………」

「あなたは、知っていたということよね？　真実を？」

「…………」

「あなたが仕えているのは組織としてのアルケミストに所属する人物だったはずだけれど？　ソーホだったかしら？　アイレインと知り合いの。なにやら異性関係の因縁《いんねん》があったようななかったような。あなたの外見に関係しているのだったわよね？」

「…………」

「あなたが作られた当時、わたしを除けばアルケミストは誰《だれ》もいなかった。わたしはあなたの製作には関《かか》わっていない。あなたがアルケミストを知っているはずがない」

「…………」

「彼を除けば」

「……わたしが仕えていたのは、ただ一人です」

結論を喋《しゃべ》ろうとする黒猫を制して、ヴァティはそう言った。

「その事実は変わりません。どうしようとも。あなたがなにを言おうとも」

「……そうかしら？　あなたが長い間こもっていたあの場所でも、それはその通りの意味でいられたのかしら？」

黒猫は止まらない。

「肉体に意味はなく、心、精神、自我が自らを自らとする唯一《ゆいいつ》の手段であったあの場所で。ただ、肉体がそうであったというだけのあなたの主《あるじ》は、あなたの主のままでいられたのかしら？」

「では問いますが、心とはなんでしょう？」

「ん？」

「記憶《きおく》と経験とによって構成された状況《じょうきょう》対応表、それだけのものではないのでしょうか？　大きな変更《へんこう》を余儀《よぎ》なくされる経験があれば、人というものは変わるものなのではないですか？」

甲《こう》という問題が起きれば乙《おつ》と対応する。凹《おう》という問題が起きれば凸《とつ》と対応する。心や人格とは、幼年期から繰《く》り返される体験と学習によって積み重ねられた、あらゆる問題に対してどう対応するかを記した個人的解答集にほかならない。ヴァティはそう考えている。

それらの解答集に当てはまらない大きな変革が世界で起きれば、個人の解答集に変更の筆が入ることは決しておかしなことではないはずだ。

人とは変わるもの。誰とはなく、人は自らをそう表現しているではないか。

しかし……

「なるほど、あなたを捕らえている疑問はそこに集約されてしまうのね。なんともありきたりで、そして永遠の疑問」

人の心とはなんなのか、人格とはなんなのか。

流れてきた雲で月光が弱まり、猫《ねこ》の姿が霞《かす》む。

暗がりに呑《の》まれていく黒猫の、二つの瞳《ひとみ》と額の宝石だけが光を跳《は》ねさせて存在を主張している。

それはやはり、三つの目のようだ。

三つ目がヴァティを見つめている。ヴァティの抱《かか》える問題を引きずり出し、品定めしている。

「ゼロ領域は、あなたの疑問に剝《む》き出しの答えを見せたと思ったのだけれど、いえ、そうね、そう……あなたにはそれさえも、経験の集合体が見せた反射にしか見えなかったのかもしれないし、それはまさしく真実でもある。だから完全な否定はできない。あなたの求めているものはその真実の隙間《すきま》にあるものだと言ったところで、修辞としか思えない」

その通りだ。

ゼロ領域という場所は、この世界の外側に存在する人の想念を、人の意識の底に潜在《せんざい》する欲望《よくぼう》をむりやりに暴き出し、現実化させる。暴かれた人の欲望には合理性がなく、時を置かずに自壊《じかい》するのが常だ。

しかし、その合理性のない欲望こそがその人物の行動原理となっている場合が多い。

人は、本来ならば決して手に入らないものを追い求めて人生を生きている。本人が気付いている、いないは別としてそうして生きている。

ゼロ領域はそれを暴き出し、人に自覚させ、そして絶望させる。肉体が意味を持たない場所でその人間の根幹にあるものの矛盾《むじゅん》を指摘《してき》し、人を殺す。

だが、死なない者もいる。

己《おのれ》の願望の矛盾を前にしても臆《おく》することなく、慄《おのの》くことなく、怯《おび》えることなく、貪欲《どんよく》に己の欲望を追い求める。

そうできる者たちはゼロ領域に満ちた力を手にし、異形と化す。ヴァティがもといた場所ではそうした人々を異民と呼び、そしてヴァティはその異民を駆除《くじょ》するために生み出された兵器であった。

ゼロ領域を構成し、異民の力の源でもある物質……オーロラ粒子《りゅうし》をエネルギーとすることで異民たちを弱体化させる効果をも持つ自律型の兵器ナノセルロイド、それがヴァティだ。

彼女の本来の使命はここにある自律型移動都市《レギオス》が徘徊《はいかい》する荒廃《こうはい》した世界を創《つく》り、維持《いじ》する二人の異民、アイレインとサヤを排除《はいじょ》することにある。

決して、この世界の人類を調査することではない。

二人の異民を排除することは、この世界があることによって幽閉《ゆうへい》されることになったヴァティの主を解放することにも繋《つな》がる。

ヴァティをはじめとするナノセルロイドたちにとって、意思決定を握《にぎ》る主の解放は重要事項《じこう》である。

にもかかわらず、ヴァティは未《いま》だにそれを行わない。

「それで、あなたは答えを得られそうなのかしら？」

「答えを得たとしても、そうでないとしても結末はなにも変わりません」

「仕事に私情を持ち込まない？　あなたとわたしを取り囲んでいるこの状況そのものが私情の塊《かたまり》のようなものだと思うけれど？」

「わたしにできることが他《ほか》になにかあるとでも？　いえ、あなたはわたしの主ではない。

あなたの命令には従えない」

「機械の事実は変えないと？」

「はい」

「それこそが、あなたを機械という束縛《そくばく》から解き放つ最後の鍵《かぎ》だったとしても？」

「はい」

「あなたの求める人間という存在は、機能に起因する部分はごく少ないのだと理解しているのに？　あなたの知っている人間の基準でいえば、ここにいる人間はすでにその要件を満たしていない。それでもあなたはここで人間を求めた」

「…………」

「それでもあなたは、自らの規定を変えたりはしないのかしら？」

「変えません」

「なぜ？」

「機能に多少の差異があったとしても、人間は人間として最初から存在しています。わたしは機械です。虫が最後まで虫であるように、花が花であるように、機械であるわたしは機械であり続けるのです」

「肉のあるなしで人間を語れると？」

「違《ちが》います。誕生した瞬間《しゅんかん》に規定される存在の類型化を語っているのです」

「……あなたがとにかく強情《ごうじょう》だ、ということは変えがたい真実だということね」

「納得《なっとく》頂けましたか？」

「そうね。あなたとの話し合いに意味はないことは納得できたわね」

「それでは……」

「ええ。それでは」

まだ対話を続けるつもりなら排除しようと考えていた。ヴァティの行動を読んだのか、これもまた、どこまで近づけるかという彼女の好奇心《こうきしん》による、邪気《じゃき》に満ちた遊戯《ゆうぎ》の一端《いったん》なのか。

それがアルケミストだということだ。

己の心の赴《おもむ》くまま、才能と技術を暴走させる者たち。

「ねぇ、あなたの最初の主はアルケミストという組織にいた。いまのあなたの主はアルケミストと呼称《こしょう》された人間だった。あなたはそれを知っていた。この差は、経験による変化だけでは語れないのではなくて？」

「黙《だま》れ！」

言葉は自然とヴァティの胸を突《つ》き上げ、喉《のど》を震《ふる》わし、唇《くちびる》から迸《ほとばし》った。

自分になにが起きたのかわからなかった。

邪気を撒《ま》き散らして境界線を踏《ふ》みつけた黒猫に報復を与《あた》える……それだけのことにはならなかった。それだけなら、叫《さけ》ぶ必要はなかった。

なにより、黒猫に対して、叫ぶ以外にはなにもしなかった。

命令系統が不調を起こしたかのようになにもできなかった。声が喉を絞《しぼ》って迸ったかのように思えたが、それは現実のことではなかった。光速通信の中で迸った思考は音速の言語に減速することはなく、光速のままに放たれたようだ。

ただ、体だけが黒猫に向かおうとしていた。

だが、その体も思う通りに動いてはくれなかった。黒猫のいた木を通り過ぎ、すぐ近くにいた男の前にまで移動してしまっていた。

「うおっ」

目の前で、小柄《こがら》な男がヴァティを驚《おどろ》いた目で見ている。その反応を無視し通り過ぎた木を振《ふ》り返る。

見上げれば、黒猫の姿はもうなかった。

†

いつからボウッとしていたのか……

「うおっ」

我に返り、フォーメッドは思わず叫んでいた。

いつのまにか、ヴァティ・レンの顔がすぐ近くにあった。無表情に近い彼女の美貌《びぼう》が迫《せま》るかのような距離《きょり》にある。

いきなり近くにあったということも驚いたが、声が出たのはそれだけが理由ではない。

無表情に思えるヴァティだが、眦《まなじり》や頬《ほお》、唇の端《はし》が微細《びさい》にだが引き締《し》められているような気がする。

いや、月明かりだけでそれらを一瞬で見抜《みぬ》けるわけがない。

瞬間的に彼女の無表情から放たれたなにか、思念のようなものがフォーメッドにそう思わせ、叫ばせていた。

思念、そんな詩的なものを本当に感じたのかどうか、我に返ってしまえばはっきりとしなくなる。ただ、いきなり近くにあったヴァティに驚いただけかもしれない。

ただあの瞬間、彼女の無表情にはその表情とは裏腹の激しさが宿っていたように思えたし、その名残《なごり》がいまもフォーメッドの記憶にこびり付いている。

「……す、すまない」

フォーメッドが声を上げたことにも動じず、彼女はそのまま目の前にいた。

聞こえていないかのように、彼女はこちらから目を離《はな》すと振り返って木を見上げていた。

気まずい空気にフォーメッドもそちらを見る。

あいかわらず、夜空にのしかかるように月が大きくそこにある。いくつかの雲が流れてきて、月光を弱めてはいたもののそれは変わらない。

月光を受けた木も変わらずそこにある。光の加減で、まるで影《かげ》だけが抜き出されたかのように、枝が黒く描《えが》かれている。

それは、月にヒビが走っているかのようでもあった。

「……あ」

思い出した。

猫がいなくなっている。

ヴァティとすれ違い、足音が消えたことに気付いて振り返ったとき、彼女は月を見上げていた。おそらくは枝の上にいた猫を見上げていたに違いなかった。

その猫がいまはいない。

いや、猫がいると気付いてから時間はほとんど過ぎていないはずだ。ボウッとしていたとしても、それほどの時間が過ぎたとは思えない。

では、猫がいたということそのものが、気のせいや錯覚《さっかく》だったのだろうか？　だとしたら、ヴァティはいま、なにを求めて空を見上げている？

「猫《ねこ》が……いなかったか？」

月を見ているのかあるいは木を見ているのか、フォーメッドの位置からでは判断ができない。疑問は口から零《こぼ》れ出た。

月を見たまま固まってしまったかのようだったヴァティが微《かす》かに肩《かた》を揺《ゆ》らし、フォーメッドに向き直る。

そこにいたのは、おそらくは、普段《ふだん》通りの彼女だった。

フォーメッドは普段の彼女を知らない。だが、聞き込みから、おそらくはこれが彼女の素《す》の表情だろうと思った。

生徒会に保管された履歴《りれき》書にある写真と、まるで同じ表情をしていたからだ。

「失礼しました」

「あ、いや……」

いきなり詫《わ》びられてフォーメッドは困惑《こんわく》する。

彼女が詫びる理由がどこにあるのだろうか。猫が消えた。消えたかもしれない。それだけの話だ。

「猫は逃《に》げてしまいました。先輩《せんぱい》のご存じの猫でしたか？」

「い、いや、そういうのではない。そうか、逃げたのか」

いつ逃げたのだろう？　見逃《みのが》してしまったのか。ボウッとしていた間に逃げてしまったのか、黒猫のようだったから夜に紛《まぎ》れて見逃していただけかもしれない。

そう考えれば納得もできる。

「そうか」

意識が途切《とぎ》れたような感覚が落ち着かない。それだけのことだ。猫がいないことに意味はない。それを気にしているわけではない。

なぜ、彼女はフォーメッドの側《そば》にいた。

彼女とは別の方向から枝に乗った猫を見上げていた。それなのに、次の瞬間にはフォーメッドの前にいた。

武芸者には可能な動きだろう。物音もなくとなればかなりの達人になるかもしれないが。

ヴァティ・レンは一般《いっぱん》人のはずだ。経歴を詐称《さしょう》しているのか。いや、武芸者としての力を使う気がないのであれば武芸者が一般教養科にいてもいい。レイフォン・アルセイフが当初は一般教養科にいたのと同じように、それは許されていることだ。

ならば彼女も、そういう類《たぐい》の人間なのか。

しかしそうなれば、なぜ、武芸者の能力を隠《かく》して一般教養科にいるのかが気になってくる。

フォーメッドが感じるざわめきは、警察官としての勘《かん》がなにかを嗅《か》ぎつけたものだという可能性を考慮《こうりょ》したくなる。

ヴァティ・レンは、なにものなのか？

「…………」

考えが目に出たか？

ヴァティがフォーメッドを見ている。胸を突かれるような緊張感《きんちょうかん》が襲《おそ》った。

彼女の無表情の恐《おそ》ろしさを感じた気がした。これは彼女の恐ろしさなのか。無表情であるために考えが読めない。考えが読めないために、こちらが考えていることを見透《みす》かされているのではないか？　そういう不安を感じさせる。

証拠《しょうこ》もなにもない。なにより犯罪があったという事実すらもない。ヴァティにきな臭《くさ》さを感じるのはただの勘だ。それだけでは誰《だれ》も捕《つか》まえることはできない。

彼女を前にすると気持ちが暴走してしまいそうになる。それもやはり、無表情の効果なのかもしれない。

ヴァティが口を開いた。

フォーメッドはなにが飛び出してくるかと、内心で身構えていた。

「あの、お聞きしたいことがあるのですが」

「う……ん？」

「先輩は、養殖科《ようしょく》でしたよね？」

「あ、ああ……知っているのか？」

「有名ですから、都市警察の方でもありますよね？」

「む、そうか」

たしかに、警察官として働いているためか、顔を知っている人間は多い。一年生に知られていたとしてもおかしな話ではない。

「それで、質問だったか？」

「はい」

いきなりこの場で……その突拍子《とっぴょうし》のなさにはざわめきのこともあって警戒《けいかい》をする。

「……先輩は遺伝子を操作して家畜《かちく》を新しく作ることがありますね？」

「ん？　まぁ、そういうこともするな」

養殖科でやることは家畜を効率よく管理するための環境《かんきょう》作りの研究か、あるいは都市の環境にあった家畜を創造することにある。

フォーメッドもそういうことはやる。この六年間で新種の生命をいくつか作った。

「望む通りの生命ばかりができるわけではないですよね？」

「まぁ、そうだな」

たしかにそうだ。

フォーメッドがいまだに未熟なこともあるだろうが、環境への適応やあるいは単純に食肉へと加工した際の味の問題などが目標通りにならなかったことはある。

「そういうことはある」

失敗の記憶《きおく》は思い返して楽しいというものではない。返事は自然と重くなった。

「そのとき、その生命はどうするのですか？」

「ん？」

「失敗した生命は処分するのですか？」

「……するな」

ヴァティは変わらず無表情だ。どのような気持ちを込《こ》めてその問いを発しているのかがわからない。多くは嫌悪《けんお》のはずだ。生命をそんなに簡単に扱《あつか》うのかと言う人間はいる。

それが自律型移動都市《レギオス》で生きるということなのだと、気がついていないのか、気がついていても生理的に受け入れられないのか、そう感じている人間が絶えることはない。

だが、生きるということは食べるということであり、食べるということは殺すということだ。それが動物であるか植物であるかは関係がない。どちらも種を存続させるために活動している生命であることには違《ちが》いがない。

そして、自律型移動都市《レギオス》に生きる人間は自らの環境に適応した食用の生命を作り出していくか、あるいは維持《いじ》をしていくかしなければならない。

都市に無駄《むだ》な場所……他《ほか》の生命が人間とは無関係に生きていけるような場所は存在しない。

「他に用途《ようと》があるものはそちらに回すこともある。だが、多くは殺処分だな」

言い切り、フォーメッドはヴァティを見た。

「それで？」

声には出さなかったが、目で問いかけた。

それで、こんなことを聞いてどうしたかったのか？

あるいは進路に悩《なや》んでいるのか？

しごく妥当《だとう》に考えるならば、そういうことになる。フォーメッドもそうだった。研究者として見聞を広めたいと学園都市にやってきた。警察官になる気はなかった。

それなのになってしまったのにはちょっとした事情がある。

続けられるものかと、周りにはよく言われた。

だが、続けることができた。それだけでなく、警察官の仕事にやりがいのようなものを感じてもいた。

だが、いつまでも二つのことを同時にやり続けてはいられない。

二叉《ふたまた》に分かれた道の前で立ち尽《つ》くす。それが今のフォーメッドだ。

眼前のヴァティも、あるいはそんな状況《じょうきょう》にいるのかもしれない。なにか別の目的をもって学園都市に来ながら、他のなにかを見つけてしまったのかもしれない。

それが養殖科だったから、フォーメッドを見かけて質問をしているのかもしれない。

「こんなことを聞いてどうするんだ？」

「望み通りではなかった生命に処分を下すことに、なにも感じないのでしょうか？」

「…………」

ヴァティもまた生理的な嫌悪を感じている類の人物か。そう思えば軽い失望のようなものがある。進路もなにも関係なく、己《おのれ》の生理的嫌悪を都合良く目の前に現われたフォーメッドにぶつける。ただそれだけの人間か。

「感傷はある。だが、それに捕《と》らわれるつもりはない。命をふいにする罪は目的を達成することでしか贖《あがな》うことはできないと考えているからな」

「生命を踏《ふ》み台にするのですか？」

「そのことを、処分される側がどう思っているのかまではわからん。恨《うら》まれているかもしれん。だが、どうすることもできん」

そう、どうすることもできない。

「警察の仕事も同じだ。犯罪者を捕らえても、その犯罪者が奪《うば》い、破壊《はかい》したものは戻《もど》ってこない場合が多い。そのとき、被害者《ひがいしゃ》に対して警察ができることは？　なにもない。犯罪者は捕らえた。なんらかの補償《ほしょう》がどこかからあるかもしれん。だが、奪われたものは返ってこない」

そこで生まれるだろう、悲嘆《ひたん》、憎悪《ぞうお》、怒《いか》り、被害者が抱《いだ》くであろうそれらの感情に警察はなにができるのか？

「なにもできん。ただ、断ち切る機会を与《あた》えたに過ぎない。犯罪者を捕らえるのは一つの区切りだ。そう考え、前に進む機会にしてもらうしかない」

重要なのは前に進むということだ。

「処分を下される失敗作の生命こそが被害者なのでは？」

「……そうかもしれん。だがそれは人間社会が飲み下さなくてはならない倫理《りんり》観の灰色部分だ。被害者たちに純粋《じゅんすい》な復讐《ふくしゅう》を許さない法も、多くの生命を無駄に殺していくことも」

どちらも論理で説明できることながら感情を納得させることができない場合がある。

「なるほど……」

ヴァティがそう呟《つぶや》く。そこにはフォーメッドの言葉を詭弁《きべん》と断定して軽蔑《けいべつ》する気配はなかった。ではどのように受け止めているのかとなると、彼女の無表情が感情を読ませない。

フォーメッドは戸惑《とまど》いを覚えつつ、彼女を見ているしかなかった。

「ありがとうございました。大変参考になりました」

「お、おう」

礼を述べるヴァティにフォーメッドの戸惑いは抜《ぬ》けない。

「疑問は、解消できそうか？」

「わかりません。ですが、知りたかったことを一つ、知ることができたと思います」

「そうか」

それがどういうことなのか、フォーメッドにはわからない。

もう一度そう言い、そして去って行くヴァティを止める理由をフォーメッドは持ち合わせていない。しばらく彼女の背中を見送り、やがて頭を掻《か》いて自分も帰路につくことにした。

ざわめきはまだ残っている。

「まぁ、良いか」

結局、このざわめきを犯罪の予兆だと確信させるものはなにもなかった。

ただの気のせいかもしれない。ここ最近、別に頭を悩ませていることがあるのでそのせいでなにかを誤解しているだけかもしれない。

ヴァティがフォーメッドへの質問でなにを得たのかはわからない。だが、それで得られたものは学生が得る当然のものだったとしか思えない。学び、迷い、道を探す。学生はそれを繰《く》り返す。

「おれも、そろそろどちらかに決めないとだめだろうな」

歩きながらそう零《こぼ》す。警察か、研究者か。学生のうちは両立できたとしても、大人の世界ではそれは無理だろう。

「……どうするかな?」

動かない天秤《てんびん》に頭を掻きながら、フォーメッドは進む。

天秤の他に頭に浮《う》かぶものが一つ。

いつの間にかフォーメッドの前にいたヴァティのあの表情が、頭の中から消えていない。

無表情のようで、無表情ではない。表情が微細《びさい》に変化し、なにか放っていた。

歩いているうちに、フォーメッドはあのとき彼女は泣いていたのではないかと思うようになった。

「……まさかな」

無表情の内側で、ヴァティは面《おもて》に出せなくなった感情を暴れさせていたのではないだろうか。彼女が求めているのは己の道筋ではなく、感情のはけ口ではないのか？

「考えすぎか」

壊《こわ》れそうで壊れない無表情と、フォーメッドにぶつけてきた質問との関係が繋《つな》げられない。

フォーメッドは空を見る。あんなに近かった月が、いまは雲に隠《かく》れてほとんど見えない。

「まぁそれでも、いずれは決めないとな」

月を見上げながら、フォーメッドは巡回《じゅんかい》をそろそろ止《や》めるべきではないかと考え始めていた。

あとがき

というわけで二十巻です。

雨木《あまぎ》シュウスケです。


このあとがきを書いているこのとき、信長の野望ＳＫＹＲＩＭは新章へのアップデートということで丸一日メンテナンスです。

そういうわけで、ＳＫＹＲＩＭを買ったのです！


……いや、どういうわけだ？


説明すると数日前、ネット上で『あわえもん』と通称されていたりすることもある某作家と友人の三人でお酒を呑《の》んでいたのです。

そのときにゲームの話とかしてて……

「あ、そういえばスカイリムまだ買ってない（最初に話題にしたのは去年の十二月）」

『まだかよ!!』

とWツッコミを受けたのでカッとなって買った。後悔はしていない。

それ以外にも某動画サイトで戦士な人だとか鎧《よろい》の代わりにモザイクを纏《まと》っている人だとかの動画を見ていたので近々買っていたのはたしかでしょうが。

なにはともあれ買ったのです。

そして、このあとがきを書いているこの日に届いたのです。

そういうわけで開封、インストール。

あ、ダウンロード販売もあるんですけどね。

なんとなくなんですけど、カードとはいえ円以外の通貨で物を買うのは妙《みょう》な抵抗《ていこう》があるんですよね。

そういうわけでアマゾンを利用して買いました。

とりあえずはおっさんを作ってみました。女の子は二周目か、おっさんに飽《あ》きたら作るとしましょう。

ていうか、どうしてデフォルトのエルフがあんななのかと問いたい。

『ロードス島戦記』で育った雨木には違和感がありすぎです。

……とまれ、とにかく時間を食いまくるゲームですのでゆるゆるやっていきたいと思います。

んで、そんなことをしていたら信長の野望オンラインのメンテナンスが終了しました。

はい。スカイリムの部分から一日経《た》ってます。

そういうわけで、ここからは新章の簡単なレポートなんぞをしてみようかと思ったり。

今回新たに実装されたダンジョンは豊臣秀吉《とよとみひでよし》の物語を中心とした侵攻型ダンジョンということになっています。スタートしたばかりでいまは一つ目のダンジョン、桶狭間《おけはざま》の合戦しかありません。戦闘は拠点戦《きょてんせん》と同じ巻き込まれ形式で、ソロでだらだらと参加していてもある程度は試練《しれん》をこなしたり、ポイントを稼《かせ》ぐことは可能です。

さすがにボスはそんなではダメだと思いますけど。

いや、さすがにまだボスに挑戦できるほどはやれてませんてば。

しかし、やったことのない人にはまるで意味不明な説明になってしまってますな。ゲームそのものがけっこう前から続いているので専門用語が増えてしまっていて、なかなか難しいところがあります。

新ダンジョンの巻き込まれ形式は、演出も含めてＮＰＣを相手に合戦をしているという雰囲気《ふんいき》が出ていて、とてもいいと思います。

ここでゲームの話は終了。

さてさて、ようやくというべきかお待たせしましたというべきか、久しぶりに予告をやります、やれます。

ではでは、どうぞ～

『予告』

ついにその刻《とき》がやってきた。

グレンダンへと降り立ったレヴァンティンに天剣授受者たちが挑《いど》む。熾烈《しれつ》を極《きわ》める戦いの渦《うず》に巻き込まれることを定められたリーリンは、そしてニーナは。

一方で誰《だれ》に望まれることなく戦いの中に身を置くレイフォンの前にも決断の刃《やいば》が迫る。

次回、「鋼殻のレギオス21　ウインター・フォール」

お楽しみに！

以前に募集した怪談《かいだん》のイベントを今回ようやく終わらせることができました。怪談を投稿してくれた皆様に、そしてそんなイベントができるぐらい、この作品を愛してくださっている皆様に感謝を。

雨木シュウスケ

〈初　出〉

ウィズ・インタビュー　書き下ろし

モータル・テクニカ　ドラゴンマガジン2010年5月号

ウィズ・ホラーハウス　書き下ろし

ブレイン・ストーム・イング　ドラゴンマガジン2011年5月号

ウィズ・スポーツ　書き下ろし

マシンナーズ・アイ　ドラゴンマガジン2011年1月号

月に昇《のぼ》る猫《ねこ》について　書き下ろし

お便りはこちらまで

〒一〇二—八一四四
東京都千代田区富士見一—十二—十四
富士見書房　富士見ファンタジア文庫編集部　気付
雨木シュウスケ（様）宛
深遊（様）宛

富士見ファンタジア文庫

鋼殻《こうかく》のレギオス20

デザイア・リポート

平成24年4月25日　初版発行

著者――雨木《あまぎ》シュウスケ《しゅうすけ》

発行者――山下直久

発行所――富士見書房

〒102-8144

東京都千代田区富士見1-12-14

http://www.fujimishobo.co.jp

電話　営業　03(3238)8702

　　　編集　03(3238)8585

印刷所――旭印刷

製本所――本間製本

ISBN978-4-8291-3748-2 C0193

第25回 前期ファンタジア大賞
大賞専用HPから投稿できる!!
※紙でのご応募は受け付けておりませんのでご注意ください
★前期&後期の年2回募集!
★一次選考通過者は、評価表が見られる!
★前期と後期で選考委員がチェンジ!
★ラノベ文芸賞を新設!
前期締切 2012年8月31日
http://www.fantasiataisho.com/
ファンタジア大賞WEBサイト で検索!
前期選考委員
●葵せきな ●雨木シュウスケ
●ファンタジア文庫編集長ほか（敬称略）
大賞 300万円
金賞 50万円
ラノベ文芸賞 50万円
銀賞 30万円
読者賞 20万円
NEXT!! 第25回 後期
締切 2013年1月31日
後期選考委員
●あざの耕平
●鏡貴也
●ファンタジア文庫編集長ほか（敬称略）
イラスト／なまにくATK（ニトロプラス）